Sombres secrets

Worthington & Spencer, détectives privés

DU MÊME AUTEUR

POLARS HISTORIQUES

◆ **LES ENQUÊTES DES COUSINS CLIFFORD**
1. *Premières armes*, 2017.
2. *Près du tsar, près de la mort*, 2017.
3. *Voir Venise et mourir*, 2018.
4. *La dame en rouge*, 2018.
5. *L'homme en vert*, 2020.
6. *L'enfant en bleu*, 2021.

◆ **WORTHINGTON & SPENCER, DÉTECTIVES PRIVÉS**
1. *Sombres secrets*, 2018 (Trad. : *Dark secrets*, 2019).
2. *Esprits tueurs*, 2019.
3. *Exquises miniatures*, 2020.
4. *Furieuse nature*, 2023.
5. *Dies irae*, 2024.

COMÉDIES POLICIÈRES

◆ **LES ENQUÊTES DE CHLOÉ**
1. *Et si je vous offrais des coups de pelle pour Noël ?*, 2020.
2. *Et si je jonglais avec votre tête pour Halloween ?*, 2021.
3. *Et si je vous jetais aux requins pour les vacances ?*, 2022.

FANTAISIE HISTORIQUE (GASLAMP FANTASY)

◆ **UNE PLUME ET DES CROCS**
1. *La nuit des loups*, 2022.
2. *L'ivresse du sang*, 2023.
3. *Le temps des goules*, à paraître 2024.

LIVRE POUR ENFANTS

◆ **LES AVENTURES DE LOUIS CLIFFORD**
1. *Le mystère de Noël*, 2018.

ROMAN FEELGOOD

La vie dont tu rêvais enfant, 2019.

OUVRAGES HISTORIQUES

Les droits de la reine. La guerre juridique de Dévolution 1661-1674), 2018.

Sombres secrets

Worthington & Spencer, détectives privés

Delphine Montariol

Couverture : Charles-Edward CHAMBERS, *Homecoming of Bibbs,* illustration extraite de *The Turmoil* de Booth TARKINGTON, London-New York, Harper & Brother, 1915, ©Old Book Illustration.

Illustrations :   7089643 - silhouette-5441902_1280 - Pixabay
                   7089643 - woman-5441837_1280 - Pixabay

À mon frère et à ma belle-sœur,
Avec toute mon affection.

GÉNÉALOGIE SIMPLIFIÉE DE LA FAMILLE WORTHINGTON

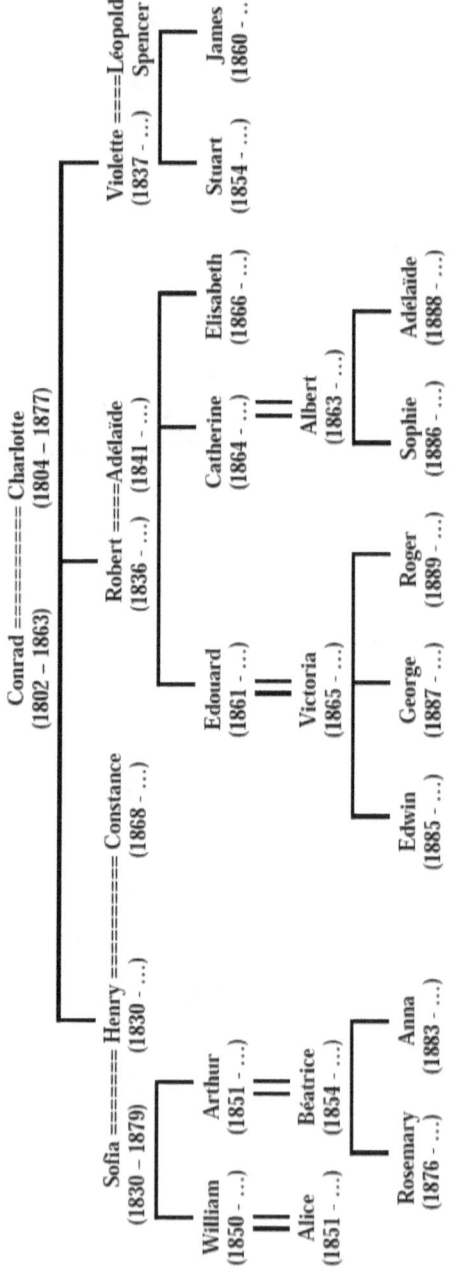

*Trait simple : lien de filiation
**Trait double : mariage

Chapitre 1

Au premier rayon du soleil, la bergeronnette déploya ses ailes et s'élança à la conquête du ciel. La campagne anglaise verdoyante, encore trempée des orages de la nuit, défilait sous ses plumes à toute vitesse. L'oiseau profitait des vents pour accélérer sa course vers son petit déjeuner. D'un mouvement imperceptible, la frêle créature dévia son vol et s'enfonça dans un bois aux abords d'un solide manoir. La bergeronnette zigzagua avec précision entre les troncs et, soudain, s'accrocha à l'écorce d'un vieil arbre tordu. L'oiseau piquait avec entrain son perchoir afin de faire sortir les vers du bois, sans plus se préoccuper de la tache blanche qui l'avait d'abord effarouché. Le tronc était rugueux, torturé par une maladie soulevant son écorce, et servait d'abri à de multiples insectes. Le son sec et insistant des coups de becs résonnait jusque dans les racines de l'arbre, plongées dans l'épais humus recouvrant le sol. Là, sans grâce, une main figée dans une convulsion glacée reposait sur la mousse.

Le corps de Mary, déformé par un dernier spasme, conservait une certaine solennité, malgré les perles de pluie qui le trempait. Son tablier d'un blanc immaculé sur sa stricte robe noire laissait entrevoir, par-delà la mort, la domestique qu'elle avait été. Souligné par un large cordon lie-de-vin autour du cou violacé, son visage ridé aux yeux bleu pâle était marqué par un odieux rictus, entre effroi et incompréhension. Une branche craqua, l'oiseau s'envola.

◆ ◆ ◆

É clairée par la lumière du jour filtrant à travers les ramures des arbres, l'impeccable chaussure cognac de l'inspecteur Damian Brown enfonçait l'humus juste à côté de la tête de la pauvre Mary. Trop précieux pour faire un bon enquêteur, l'inspecteur veillait à ne pas effleurer le cadavre qu'il observait de sa meilleure attention écœurée. Après tout, l'affaire frappait l'une des familles les plus puissantes de la région. Penché au-dessus du corps, la moustache rousse de l'inspecteur frémissait de dégoût. *La vieille ne devait déjà pas être engageante de son vivant, alors après un étranglement...*

L'expression méprisante du policier n'échappa pas au maître des lieux, Henry Worthington. La soixantaine opulente, l'industriel à la sombre réputation aurait surpris ses adversaires économiques par le désarroi qui l'affligeait. Frappé par l'horreur du crime commis sous son toit, Henry Worthington observait avec dépit le sombre crétin qui s'était vu confier l'enquête sur l'assassinat de Mary. Le regard bleu de l'homme d'affaires se reporta une nouvelle fois sur le corps sans vie de la femme qu'il avait connu toute sa vie durant. Un frisson de glace parcourut son corps, pourtant recouvert d'un épais costume de tweed. *Ce n'est que le son de l'orage, Monsieur Henry. Rien de plus, rien de moins.* L'image de Mary et de la beauté de ses vingt ans frappa Henry Worthington, avec la précision que seuls quelques souvenirs de l'enfance conservent. Mary, sa gentille Mary, avait affronté à ses côtés ses peurs d'enfant, ses enthousiasmes d'adolescent, ses joies de jeune marié, ses bonheurs de père, ses réussites d'homme d'affaires, ses peines de veuf, ses bonheurs tranquilles de patriarche. Qui serait désormais à ses côtés ? Qui veillerait sur ses jours, ses nuits et ses souvenirs ?

— Qui pouvait vouloir assassiner Mary ? murmura Henry pour lui-même.

L'inspecteur se tourna avec intérêt vers l'industriel à la

réussite si flamboyante. Il s'approcha d'Henry et se redressa de toute sa rondeur, fier que sa profession lui ouvrît de si grands cercles. Voyant que deux policiers attendaient ses ordres, une couverture grise à leur disposition, il leur fit un vague signe de la main, leur précisant ainsi qu'ils pouvaient disposer du corps.

— Mes hommes m'ont indiqué que vous aviez découvert le corps tôt ce matin. Avez-vous vu quelque chose, Monsieur ?

Henry Worthington transperça l'inspecteur de son regard aiguisé. Avait-il mal jugé cet homme ? Allait-il mener une enquête digne de ce nom ? Il décida de lui octroyer le bénéfice du doute.

— Pas vraiment. Je faisais comme chaque matin le tour de la propriété, quand j'ai aperçu une tache blanche en retrait du chemin. J'ai pensé qu'une serviette s'était envolée quand j'ai découvert le corps de ma pauvre Mary…

La voix d'Henry se brisa dans un sombre croassement. L'inspecteur sembla quelque peu contrarié. Il n'aimait guère les effusions sentimentales et ne s'attendait pas à ce genre de faiblesse de la part d'un homme tel que le terrible Henry Worthington. L'industriel perdit de sa superbe aux yeux du policier.

Conscient de son manque de flegme, Henry se redressa et poursuivit :

— Veuillez excuser mon trouble, Monsieur l'inspecteur, mais Mary Pike était ma nurse. J'ai vécu avec elle toute ma vie et, savoir qu'elle est morte étranglée à quelques mètres de moi, me choque infiniment.

L'inspecteur se radoucit. Après tout, un homme pouvait parfois être ému… dans les limites de la bienséance qui seyait à un gentleman.

— Je comprends, Monsieur. Toutefois, il est rare qu'un homme de votre stature soit si touché par la mort d'une domestique.

— Nous parlons d'un meurtre, Monsieur l'inspecteur !

L'inspecteur prit son air le plus blasé et chassa un

insecte imaginaire de devant son nez. *Un meurtre, un meurtre... Certes la vieille a été étranglée...*

— Un crime de rôdeur probablement. La pauvre femme aura surpris l'un de ces vagabonds et on l'aura assassinée pour la faire taire. Ce sont des choses qui arrivent.

Henry Worthington aimait à croire que son éducation était sans failles. Dans les cercles d'affaires qu'il côtoyait depuis plus de trente-cinq ans, il avait la réputation de ne jamais perdre son calme, d'être coriace et imperturbable. Toutefois, ce que trente-cinq ans de négociations acharnées n'étaient pas parvenus à entamer, la médiocrité d'un imbécile arrogant était sur le point de le balayer. Au prix d'un effort certain, Henry Worthington parvint à se contenir. Mary n'aurait pas toléré un manque de courtoisie de sa part.

— Dans votre monde, peut-être. Dans le mien, c'est la première fois que je suis confronté à l'assassinat d'une personne que je connais. Toutefois, Monsieur l'inspecteur, qu'est-ce qui vous fait croire qu'il s'agit d'un crime de rôdeur ?

Damian Brown était sur le point de hausser les épaules devant la niaiserie de la question mais il se rappela à temps qu'il n'était pas en présence d'un simple quidam.

— Quelle autre possibilité s'offre à nous, Monsieur ?

— Mary a été étranglée avec un cordon de rideau du salon...

— La malheureuse aura surpris son agresseur dans le salon. Je souhaite cependant vous assurer du sérieux de notre enquête. Nous allons bien évidemment suivre toutes les pistes possibles. À cet égard, je souhaiterais que vous me transmettiez la liste des biens qui ont disparu.

Henry eut alors la conviction que ce fat ne ferait rien pour rendre justice à Mary.

— Donc, pour vous, l'affaire est entendue. Un crime de rôdeur...

— C'est l'hypothèse la plus vraisemblable.

Henry eut une moue de répulsion. Toutefois, il sut gré à

l'inspecteur d'avoir occupé son esprit pendant quelques minutes. La conversation l'avait un peu éloigné du spectacle morbide des policiers qui avaient recouvert par décence le corps de Mary et l'emportaient au moyen d'une charrette en bois. L'orage de la nuit précédente avait tant gorgé d'eau le chemin d'accès qu'il était devenu impraticable à tout véhicule de quelque poids significatif. Seule la charrette avait pu se frayer un passage jusqu'au corps à enlever. Désemparé, Henry vit avec horreur la main crispée d'un blanc de glace dépasser de la couverture recouvrant le corps. Il se désintéressa de l'inspecteur et, sans un mot, se mit à suivre l'étrange convoi sur le chemin détrempé. Dans le ciel, les nuages d'un nouvel orage s'amoncelaient.

◆ ◆ ◆

Henry avait toujours aimé la quiétude de son vaste bureau. La pièce était organisée autour de deux larges tables, envahies de piles de documents, de journaux, de traités économiques et autres textes auxquels seul l'industriel trouvait intérêt. Les domestiques avaient déserté cette pièce depuis fort longtemps, conscient que le moindre dérangement dans le domaine réservé du maître serait châtié. Seul le majordome, l'irremplaçable Monsieur Joseph Miles, était autorisé à entrer dans le bureau pour procéder aux rangements et nettoyages nécessaires.

Loin de sa maniaquerie habituelle, Henry fouillait avec fébrilité les monceaux de papiers amoncelés sur ses tables et au sol. L'équilibre si fragile des colonnes éphémères ne résistait pas aux assauts de l'industriel. Les piles de feuillets s'écroulaient les unes sur les autres au fur et à mesure que ses investigations progressaient. Le bruit attira le seul homme capable d'aider le maître des lieux. Monsieur Miles, long et droit, bouclé dans sa stricte veste noire, franchit la porte chargé d'un plateau supportant théière, scones et confitures. Henry accueillit son entrée avec soulagement.

— Monsieur Miles, peut-être allez-vous pouvoir m'aider.

Le majordome posa le plateau en équilibre sur une table basse et se redressa de toute sa hauteur.

— Mais certainement, Monsieur.

— Vous souvenez-vous de l'endroit où j'ai rangé la dernière lettre que j'ai reçue des Indes ?

Monsieur Miles pinça la bouche dans un effort de mémoire. La lettre datait de plusieurs mois dans son souvenir.

— Il me semble que vous vous en êtes servi comme d'un marque-page dans votre livre comptable, Monsieur.

Le visage d'Henry s'illumina. Il se redressa non sans souffrir d'une raideur dans le dos et fit quelques pas maladroits vers la deuxième table, avant de retrouver un peu plus de souplesse dans ses mouvements.

— Merci, Monsieur Miles. Ma mémoire n'est plus ce qu'elle était.

Henry s'empara d'un lourd volume caché derrière des pyramides de papiers et l'ouvrit avec précaution. Au milieu du livre comptable, il reconnut l'enveloppe bleutée qu'utilisait toujours sa sœur Violette lorsqu'elle lui écrivait. Il retourna vers l'autre table où un coin libre de tout encombrement avait été conservé et se laissa choir sur la solide chaise en face du bureau. Il déplia avec fébrilité la lettre, passa son monocle et commença à lire avec attention l'écriture ronde.

— C'est cela…

Monsieur Miles approcha la table basse et le plateau d'Henry, lui servit une tasse de thé fumant puis, voyant que sa présence n'était plus requise, sortit en refermant la porte derrière lui. Henry acheva de prendre connaissance de la lettre la plus récente de sa sœur, la posa sur la table le temps de boire la tasse de thé et d'avaler un scone. Puis, il prit une feuille de papier à son entête et regarda dans le vide.

— Après tout ce temps…

Comment allait-il renouer le fil d'une conversation interrompue trente-sept ans auparavant…

◆ ◆ ◆

L e jour sombrait dans l'ombre quand Henry relut sa lettre. Tant d'efforts pour une si petite chose. Tant de temps à rattraper avec si peu de mots. À force d'hésitation, de ratures et de recopiages, Henry connaissait presque par cœur la lettre qu'il adressait à ce neveu inconnu. *Monsieur Stuart Spencer*.

> *« Mon cher neveu, Vous allez estimer que la requête de cet oncle indigne qui n'a jamais pris la peine de prendre de vos nouvelles est pour le moins déplacée ».*

Les pensées d'Henry Worthington s'envolèrent et survolèrent quelques temps la campagne anglaise, avant de rejoindre les abords de Londres. Elles plongèrent alors dans le dédale des rues grisâtres de la puissante capitale de l'Empire britannique.

Dans une rue populeuse et grise à force de poussières industrielles, un trentenaire vigoureux, blond-roux au visage émacié, sortit d'un immeuble sans intérêt et contempla un temps le flot des passants. Il détestait la foule.

> *« Toutefois, les circonstances entourant cette prise de contact vous convaincront peut-être de ne pas me tenir rigueur d'une situation familiale qui s'est imposée à moi. Si je dois être honnête avec vous, j'ai peur. Ce matin, j'ai eu le privilège morbide de trouver le corps sans vie de l'une de nos domestiques, sauvagement étranglée ».*

Stuart Spencer hésita un moment avant de se lancer dans la multitude compacte. Son long corps sec et nerveux, revêtu d'un costume simple à l'étoffe solide, voulait plonger dans la cohue mais son esprit connaissait les désagréments auxquels il allait faire face. Dans cette meute indifférente à son prochain, Stuart savait ne pouvoir compter que sur lui-même et sur sa canne. Alourdi par un lourd sac de voyage, il attendait le moment opportun.

« L'inspecteur en charge de l'affaire a conclu sans enquête au crime d'un rôdeur. Pourtant, rien ne prouve que le criminel vienne de l'extérieur ».

Une accalmie le décida. Stuart plongea dans la cohue. Un fort boitement de la jambe droite ralentissait sa marche. Sa claudication compensée par sa lourde canne, le gentleman parvint tout de même à ne pas être trop bousculé. Pourtant, quand ce désagrément lui arrivait, il ne manquait jamais de rendre la pareille au malotru qui l'avait malmené.

« Vous avez été la victime d'une injustice perpétrée au sein de notre famille. Le rejet de votre mère à cause de sa faute de jeunesse vous a privé de vos droits successoraux. Cependant, cette spoliation n'est pas le seul sombre secret de notre famille et je tremble aujourd'hui que le pire n'arrive, si rien n'est fait ».

En ce matin grisâtre, la gare Victoria bruissait de tant de monde et de paquets que Stuart étouffa, à peine entré dans le hall. Il détestait la foule. Il détestait le bruit. Il détestait Londres. Pourtant, pour quelques temps encore, cette foule, ce bruit et cette ville seraient son quotidien. Déterminé à avancer coûte que coûte vers son train, Stuart fendit la populace avec l'autorité d'un ancien officier de l'armée britannique. Fort de sa mauvaise humeur et d'une canne trop lourde pour être honnête, l'homme parvint à rejoindre son train et monta à bord, non sans souffrir le martyre lorsque sa jambe droite heurta par malchance une marche du wagon de deuxième classe, dans lequel il se hissait.

« J'ai décidé d'organiser une grande réunion de famille ».

Folie, mon oncle. Installé dans son compartiment, près de la fenêtre, Stuart relisait pour la centième fois peut-être la lettre de son oncle Henry Worthington. Son front était barré d'un pli soucieux. Il n'aimait guère le contenu de cette missive. Nombreux auraient jugé que les menaces pesant sur ces inconnus qui ne s'étaient jamais préoccupés de son sort, ni de celui de sa mère, n'auraient pas dû lui importer. Pourtant, Stuart Spencer n'était pas de cette sorte d'homme. Il avait la justice, le courage et l'honneur chevillés à l'âme et au corps. Sa mère l'avait élevé ainsi, son père adoptif l'avait élevé ainsi et sa grand-tante aussi. Son oncle l'appelait au secours, il ne pouvait que répondre à cet appel et espérer qu'il n'arriverait pas trop tard.

« Aussi, suis-je amené à vous demander de bien vouloir venir représenter les intérêts de ma sœur Violette et, connaissant votre passé d'officier de notre armée aux Indes, je souhaiterais que vous meniez l'enquête que la police ne fera pas. Dans le vif espoir de pouvoir compter sur votre venue, je vous adresse mes plus sincères salutations. Henry Worthington ».

Stuart replia la lettre, son regard bleu-vert plongea vers l'horizon. Dans le roulis du train, le neveu rejeté pensait à cette famille inconnue qu'il rejoignait. Sa mère aurait été si heureuse de le savoir en route vers le manoir qu'elle avait dû quitter trente-sept ans auparavant. Honteuse et déshéritée, Violette n'avait pourtant eu qu'une volonté pendant toutes ses années d'exil : retourner au manoir. Elle voulait revoir ses frères, connaître ses neveux et nièces mais nul n'avait jamais répondu à ses lettres. Ce point avait le don d'exaspérer Stuart. S'il aimait à se croire un homme juste et honnête, il n'avait pas pour habitude de tendre l'autre joue et n'était pas prêt à pardonner. La part sombre de son être bouillait face au traitement indigne que sa mère avait subi. Pourquoi aucun des frères de Violette ne s'était-il donné la peine de répondre ? Pourquoi avoir conservé le silence pendant toutes ses années ? Stuart n'était pas dupe. Il doutait que son oncle réintégrât sa mère dans l'ordre successoral de la famille Worthington. Toutefois, qu'il le fasse ou pas, le simple fait d'évoquer cette possibilité avait pu pousser le premier domino d'un projet criminel familial et aboutir au meurtre de la domestique.

Stuart pensa à sa mère, si loin de lui, aux Indes et la mélancolie s'empara de lui. Violette, si douce, si généreuse, avait créé un paradis autour de l'enfant qu'il avait été. Stuart avait vécu une enfance merveilleuse entouré de ses parents et de sa grand-tante Doris. Il n'avait appris que fort tard les événements tragiques ayant précédé sa naissance. Sa mère avait été séduite par un lâche qui l'avait laissé assumer seule le poids de leur faute. Violette avait été chassée de chez elle, rejetée loin de sa famille et de son pays, puis déshéritée afin que plus aucun lien ne puisse la relier aux Worthington. Sa mère Charlotte n'avait rien pu faire pour défendre sa fille contre la colère du terrible patriarche Conrad. La seule chose que Charlotte était parvenue à faire, avait été de convaincre sa sœur Doris, une veuve fortunée et excentrique, de suivre Violette dans son exil pour la soutenir. Doris était donc partie pour les Indes en compagnie de sa nièce enceinte, sans se préoccuper le moins du monde du qu'en-dira-t-on et avait vécu depuis lors avec elle. Violette avait pourtant toujours espéré obtenir le pardon des siens. Tous les six mois, elle écrivait à ses frères et leur racontait sa vie dans les lointaines terres indiennes. Elle leur écrivait donc depuis trente-sept ans sans jamais recevoir de réponse. *Il faut croire qu'ils lisaient vos lettres, mère.* Stuart haussa les épaules. Après tant de silence, Henry Worthington avait trouvé le courage de demander de l'aide à son neveu… L'âme des hommes ne lasserait jamais de le surprendre.

◆ ◆ ◆

L oin des embarras et des bousculades du monde extérieur, la famille Worthington prenait le thé dans son salon du plus pur style victorien. Henry avait imposé ce rituel, nécessaire à ses yeux, pour maintenir quelques liens privilégiés avec ceux de sa famille qui vivaient au manoir tout au long de l'année. Siégeant au milieu, Henry pouvait écouter toutes les conversations et intervenir à chaque fois qu'il l'estimait opportun, quoique la plupart du temps ceux qui se voyaient ainsi interrompus n'appréciaient guère la manœuvre. À ses côtés, sa jeune épouse, Constance, éclairait de son teint de porcelaine la sinistre assemblée. Depuis qu'Henry avait épousé en secondes noces cette toute jeune femme, nièce sans fortune de l'une de ses connaissances d'affaires, le vieil homme qu'il était devenu depuis son veuvage avait retrouvé un regain d'énergie. Constance avait l'avantage d'être doté d'une grâce rafraîchissante et d'un esprit curieux. Loin d'être la jeune idiote blonde aux yeux bleus que nombre de personnes voyaient en elle, la jeune femme s'était révélée intelligente et sensible à son nouvel époux. Henry posa une main protectrice sur celle ornée de bagues étincelantes de Constance. À ce contact, elle se tourna vers lui et lui sourit avec calme et gentillesse. Henry avait eu la main heureuse dans le choix de l'épousée.

À leur droite, sur le canapé, Robert, le frère cadet d'Henry, animait de sa jovialité habituelle le salon et la conversation. Plus petit et plus brun qu'Henry, Robert portait ses cinquante-quatre ans avec joie et gourmandise.

Henry s'était toujours félicité d'avoir pu conserver à ses côtés son frère, dont les opinions économiques et industrielles divergeaient certes souvent des siennes, mais en lequel il trouvait un soutien sans relâche. Robert avait été présent dans les bons et les mauvais moments de sa vie. Il avait accepté son rôle d'assistant sans rechigner, à la différence de nombre de cadets qui ne rêvaient que de prendre la tête des affaires à la place de leurs aînés. Pour sa part, Robert était un homme jovial, rond de corps et d'esprit, qui avait trouvé un avantage essentiel dans son rôle de second : l'avenir de la famille ne reposait pas sur ses épaules. À côté de lui, installée sur le même canapé, la stricte Adélaïde, comme Henry aimait à l'appeler, se tenait aussi raide qu'une colonne vertébrale l'autorisait. Corsetée dans sa tenue vert sombre et dans son éducation victorienne, Adélaïde aurait apprécié que son époux soit moins docile face à son frère… bien qu'elle trouvât souvent son avantage dans cette docilité conjugale. Toujours friande de conversation sur le temps, Adélaïde abreuvait ses neveux de considérations acerbes sur les orages détestables qui prévalaient alors.

En face de Robert et d'Adélaïde, les fils d'Henry et leurs épouses avaient trouvé place sur des voltaires tendus de chintz bleu. William, l'aîné, un grand brun au teint blanchâtre, entendait être écouté dans ses élucubrations économiques par son père et son oncle. Après tout, il était l'héritier comme il aimait à le rappeler à la moindre occasion. Son arrogance n'avait d'équivalent que son bégaiement, ce qui rendait sa conversation particulièrement désagréable. À ses côtés, son épouse adorée et en adoration, Alice, petite brune aux grands yeux sombres, buvait ses paroles, ne comprenant pas un traître mot du flot chaotique sortant de la bouche de son mari mais, persuadée, qu'il s'agissait de la plus pure analyse économique des dix dernières années.

Non loin d'eux, Arthur, le cadet, plaisant et dandy, vêtu à la dernière mode londonienne, comme il se devait, montrait sa dernière acquisition à Constance : une épingle de cravate ornée d'une agate bleue. Arthur était aussi différent qu'il était possible de son frère aîné. Grand, châtain clair au teint hâlé, Arthur aurait été parfait si sa paresse et son égocentrisme n'avait pas été les deux particularités les plus frappantes de sa personnalité. À ses côtés, son épouse Beatrice, une belle femme aux lourdes boucles blondes, portait son air le plus dédaigneux, signe - selon elle - de sa supériorité…

Toute cette assemblée buvait son thé et mâchonnait sans y penser des scones sucrés tout en faisant bonne figure. Estimant que rien d'intéressant ne ressortirait des diverses conversations, Henry choisit d'interrompre le flot de banalités pour entrer dans le vif du sujet.

— Comme vous le savez, un crime odieux a été commis dans l'enceinte du manoir. Notre pauvre Mary a été assassinée et la police a conclu à un crime de rôdeur. L'inspecteur en charge de cette affaire nous demande de faire l'inventaire des biens disparus. Je vous demande donc de vérifier vos affaires et de relever tout ce qui aurait pu être volé.

Adélaïde parut au comble de l'inconfort. Pouvait-on avoir idée de tenir ce genre de conversation à l'heure du thé ? À ses côtés, Robert semblait préoccupé.

— Pourquoi un rôdeur ? demanda-t-il à son aîné.

Avant qu'Henry n'ait le temps de répondre, William se précipita pour placer ses réflexions entrecoupées de bégaiements :

— Quel intérêt pour…rait-on avoir à tuer… Mary ? Vieille et bossue, il n'y avait… guère que père… pour avoir pitié de cette créature.

La dédaigneuse épouse d'Arthur, Beatrice acquiesça d'un signe de tête avec un air mauvais. Son mari l'observa un instant avec quelque dégoût avant de la désapprouver d'une moue boudeuse.

— L'humanité légendaire de mon frère aîné ! Si c'est pour énoncer de telles cruautés, tu peux nous faire grâce de ton bégaiement.

William encaissa le coup avec difficulté et s'empourpra de colère, quand le visage de son épouse, Alice, perdait toute couleur. Beatrice, quant à elle, prit cette réplique comme une insulte personnelle et écrasa son époux de tout son mépris. Toutefois, habitué à l'animosité de sa femme, Arthur ne sembla pas même remarquer le surcroît de contrariété de Beatrice.

Henry observa ses fils avec dépit. Il aurait apprécié un peu plus de civilité dans leur relation conflictuelle.

— Ton frère a raison, William. Mary mérite un peu plus de considération, voire de compassion si certains d'entre vous se rappellent encore la signification de ce mot.

William plongea sa colère dans sa tasse de thé. Henry se tourna, comme toujours, vers le seul avec qui il pouvait parler, son frère.

— Pour te confier ma pensée, Robert, je suis du même avis que toi. Je ne comprends pas pourquoi l'inspecteur a si tôt conclu à un crime de rôdeur.

Constance sembla fort perturbée.

— Mais, Henry, s'il ne s'agit pas d'un rôdeur, il ne peut s'agir que de l'un de nous ou d'un domestique. C'est particulièrement choquant.

Alice, effarée, acquiesça d'un signe de tête, oubliant pour quelques instants l'indignation muette dans laquelle l'avait plongée la scène précédente. Voyant l'expression de son épouse, William posa une main protectrice sur celle de sa femme.

— Et… s'il s'agissait… d'un… autre type… de vol, intervint-il.

Henry fut surpris. Son fils allait-il enfin révéler l'être instruit et intelligent qu'il était supposé être au vu de ses brillantes études et de son expérience dans l'entreprise familiale ?

— Je t'écoute.

Lâchant à regret la main de son épouse, William se leva pour se donner plus d'aisance. Il inspira avec calme, se préparant à parler plus longtemps que d'habitude. Alice le regardait avec amour et soutien. À leur côté, Arthur ne put s'empêcher de lever les yeux au ciel. Son frère avait vraiment le don de l'exaspérer.

— Le sa…lon est juste à côté de… votre bureau, père. S'il s'agi…ssait d'un voleur et non pas d'un… rôdeur. La concurrence est… féroce en ce moment…

Henry observa un instant son fils en silence. À sa droite, il vit Robert froncer les sourcils. L'esprit de son frère suivait à n'en pas douter le même chemin que le sien.

— Tu as raison, William. Je n'avais pas songé à ce type de vol. Je vais vérifier mes papiers afin de m'assurer qu'aucun document de valeur n'ait disparu.

Satisfait, William se rassit, sous le regard plein de fierté d'Alice et de Beatrice. Henry resta pensif puis reprit :

— En dehors de cette terrible affaire, je voulais vous rappeler que vos cousins arrivent aujourd'hui.

L'énergie dans la pièce changea du tout au tout en un claquement de doigt. Il allait enfin se passer quelque chose de réjouissant dans cette sombre demeure. Arthur se leva d'un bond.

— Précisément, père, et si vous n'y voyez pas d'inconvénients, mon épouse et moi-même, allons nous retirer pour nous préparer décemment.

Arthur lissa sa veste à l'étoffe précieuse d'un air satisfait, puis tendit la main à Beatrice qui la prit avec enthousiasme. S'il était un point que cet étrange couple partageait, c'était leur goût immodéré pour les toilettes et l'élégance. D'une toute autre trempe, Henry regarda Arthur avec fatigue.

— Vous pouvez vous retirer… Quoi que vous ayez à faire…

Comme un seul homme, Arthur, Beatrice, aussitôt suivis par William et Alice quittèrent le salon, sans un regard pour ceux qui restaient. Pressentant une conversation sérieuse entre les deux frères, Constance se leva aussi et sortit avec élégance, non sans laisser dans son sillage les senteurs de son parfum fleuri.

◆ ◆ ◆

Dans le hall, Beatrice s'était détachée d'Arthur pour avancer seule dans l'escalier central, large et majestueux, autour duquel s'organisait le hall desservant tous les couloirs. Au milieu de l'escalier, elle se retourna et constata à son grand déplaisir que William et Alice la suivaient à quelques pas, leurs mains entrelacées. Quant à son mari, il observait avec insistance la porte du salon. Beatrice se détourna de lui pour achever de monter les dernières marches, non sans avoir vu l'objet de l'attention d'Arthur arriver. Constance, dans sa robe froufroutante, rejoignait son beau-fils préféré.

— Ma chère Constance, je voulais vous dire à quel point j'admire votre élégance, dit Arthur en tendant le bras à sa jeune belle-mère afin de l'aider à monter l'escalier.

Constance rougit de plaisir. Sans Arthur, elle aurait pu songer que son apparence n'avait aucune espèce d'importance aux yeux des membres de cette étrange famille. Elle avait beau s'habiller selon le dernier chic parisien et user des services des coiffeurs les plus renommés de la capitale britannique, nul ne songeait à lui en faire compliment. Pourtant, ces efforts esthétiques occupaient la plupart de son temps et ne lui laissaient guère le loisir d'une autre activité, à son grand regret. Constance désespérait de recevoir le moindre compliment de la part d'Henry. Son époux appréciait son esprit mais jamais ses toilettes.

— Je vous remercie, Arthur. C'est si agréable que quelqu'un remarque les efforts que je fais. Vous êtes vous-même très élégant. Cette veste est une merveille !

— Enfin ! Je n'osais plus espérer que quelqu'un remarquât ma veste ! Savez-vous que je l'ai fait faire sur mesure chez le meilleur tailleur de Londres…

Comparant les mérites de leurs tenues respectives,

Arthur et Constance atteignirent bientôt le premier étage.

◆ ◆ ◆

Restés seuls dans le salon, Henry, Robert et Adélaïde s'étaient rapprochés afin de pouvoir libérer leurs pensées.

— Maintenant que nous sommes entre nous, tu penses vraiment qu'un voleur a pu assassiner cette pauvre Mary ? commença Robert.

Le visage d'Henry eut un mouvement quasi imperceptible.

— Nous pouvons toujours vérifier s'il nous manque quelque chose.

Adélaïde n'était pas plus convaincue que son époux et son beau-frère par la thèse de l'inspecteur. Ils étaient nombreux à vivre dans ces murs. Si un voleur s'était introduit chez eux, il eût été bien chanceux de ne rencontrer que cette pauvre Mary !

— Certes, mais s'il ne manque rien ?

Henry se pencha vers son frère et sa belle-sœur pour leur parler en confidence. Depuis l'assassinat de Mary, un sentiment de suspicion générale avait envahi sa vie.

— J'ai fait appel à quelqu'un. Quand j'ai dit à mes fils que leurs cousins arrivaient, je ne parlais pas seulement de vos enfants. J'ai invité Stuart Spencer à nous rejoindre.

Robert et Adélaïde ne purent dissimuler leur surprise. Henry s'attendait à ce genre de réaction de la part de son frère mais pas de celle de sa belle-sœur… Si Adélaïde, toujours aussi maîtresse d'elle-même, ne parvenait pas à cacher ses sentiments face à cette nouvelle, quel tour allait prendre la rencontre entre son neveu et ses autres héritiers ?

— Le fils de Violette ? s'étonna Adélaïde. Mais pour quelles raisons ?

— Pour deux raisons en vérité. Tout d'abord, je pense que le sort réservé à Violette n'a que trop duré. Ensuite, Stuart Spencer a été officier dans notre armée, où il s'est distingué par son courage et son intelligence. Nous avons besoin d'un regard extérieur sur notre famille.

Robert réfléchit à la situation. Quelque chose lui déplaisait…

— Si tu ne souhaites pas réintégrer Stuart dans ses droits successoraux, je trouve cruel de l'avoir appelé.

— Qui t'a dit que je n'allais pas changer mon testament ?

Robert fut sidéré un instant puis sourit. Adélaïde s'interdit quant à elle toute réaction, ce qu'Henry apprécia. Sa belle-sœur s'était toujours montrée exemplaire sur ce point. Ayant quelque bien de son côté, elle avait géré son patrimoine avec liberté et intelligence. Son époux avalisait tout ce qu'elle lui demandait, sans question, et il entendait qu'elle ne questionnât pas davantage ses choix et la relation financière qui l'unissait à son frère. Chacun gérait ses biens et aucun ne s'en plaignait. Robert avait eu de la chance dans le choix de son épouse. Sous des dehors sévères et rugueux, Adélaïde cachait une intelligence certaine et de grandes qualités morales. Le regard de Robert s'embua un instant.

— Dans ces conditions… souffla-t-il.

Il allait enfin faire la connaissance de cet étranger qui était son neveu. Cet officier de l'armée britannique, blessé au combat, dont sa sœur lui avait tant parlé dans ses lettres. *Violette*… Il reverrait peut-être Violette finalement.

Dehors, la pluie s'intensifia et frappa les carreaux avec rudesse.

◆ ◆ ◆

Dans une voiture luxueuse, tractée par quatre chevaux, sur les routes chaotiques de campagne, Élisabeth Worthington - que tous appelaient Elsie - contemplait avec ennui le paysage défiler devant ses yeux. De haute et large stature, Elsie portait ses vingt-quatre ans avec force et intelligence. Elle n'était pas belle au sens victorien du terme, elle était charpentée, ronde et animée d'une grande énergie, son visage retenant toutefois l'attention par la profondeur de son regard noisette. En face d'elle, son frère aîné, le compassé Édouard - la trentaine, guindé et bien en chair - entretenait seul une conversation sans intérêt pour sa plus jeune sœur.

À côté d'eux, Victoria, - petite femme blonde banale mais riche - somnolait, une main sur le couffin où son plus jeune fils dormait. Assis à côté de leur mère, deux garçonnets de trois et cinq ans sommeillaient avec difficulté entre deux secousses de la voiture. En face d'eux, la nurse luttait contre le sommeil avec ferveur mais était sur le point de perdre le combat.

— Je te prierai d'écouter ce que j'ai à te dire, Elsie.

Elsie reporta son attention sur le bruit de fond qu'occasionnait son frère en l'admonestant depuis le départ. Conscient qu'une telle occasion d'ennuyer sa sœur avec ses considérations sur la vie ne se représenterait peut-être pas de sitôt, Édouard profitait de chaque instant qui lui était offert pour ramener celle-ci à la raison ! Elle avait déjà vingt-quatre ans !

— Père a toujours été trop indulgent avec toi. À ton âge, il est temps que tu prennes un mari !

— Pour devenir une poule pondeuse, comme ta Victoria ?

Le choc qu'occasionnèrent ces paroles sur Édouard le mena aux frontières de l'apoplexie.

— Je ne te permets pas de parler de Victoria en ces termes !

Elsie s'intéressa à la tête de Victoria dodelinant au gré des mouvements de la route. Sa belle-sœur semblait épuisée.

— Tu as raison, je te présente mes excuses. Victoria n'a jamais été désagréable avec moi… Ni agréable d'ailleurs… J'ai avec ma belle-sœur la plus belle relation d'indifférence qui soit. Pour en revenir au mariage, il est hors de question que j'entrave ma vie avec un mari ballot qui souhaitera m'imposer ses vues.

Avant qu'Édouard ne pût riposter, un cahot plus prononcé réveilla en sursaut les enfants et leur mère. Le nourrisson hurla de mécontentement et Victoria tendit avec désarroi le couffin à la nurse en face d'elle. Heureuse de cette accalmie bruyante, Elsie se reconcentra sur le paysage et les paroles de son frère se firent de nouveau fort lointaines.

♦ ♦ ♦

Alors que l'orage grondait au-dessus du manoir, Monsieur Miles et les autres domestiques tourbillonnaient dans le salon et la salle à manger pour recevoir la famille Worthington au grand complet. En chef d'orchestre avisé, Monsieur Miles avait l'œil partout et surveillait le moindre détail des préparatifs. À sept heures, il avait sonné la cloche de l'entrée, prévenant ainsi le maître des lieux que le service commencerait à l'heure, comme il se devait. Monsieur Miles jeta un dernier coup d'œil à la table et aux apéritifs quand les premiers membres de la famille apparurent en tenue de soirée. Dans un ballet bien réglé, les derniers domestiques disparurent à l'instant même où Robert et Adélaïde passaient le pas de la porte, aussitôt suivis par Elsie qui avait revêtu pour l'occasion une élégante robe lie de vin, ne mettant en valeur ni sa carrure ni sa haute taille. Sa mère avait choisi elle-même cette robe pour écraser autant que faire se pouvait l'athlétique silhouette de sa fille. Elsie n'aimait pas cette robe dans laquelle elle se sentait engoncée et aplatie. Toutefois, elle reconnaissait de bonne grâce que cette tenue ne lui déplaisait pas plus que le reste de sa garde-robe.

Soudain, Elsie fut tirée en arrière avec brusquerie par le nœud de sa ceinture. Elle se retourna d'un bloc, prête à affronter l'impudent qui avait osé la déséquilibrer et tomba nez à nez avec son exacte opposée, sa sœur aîné Catherine. Dans les dernières années de la vingtaine, Cathy était le plus bel exemple de la parfaite poupée de porcelaine anglaise. La grande sœur - qui se révélait être beaucoup plus petite que sa benjamine - lui ouvrit les bras, tout sourire, enchantée de retrouver Elsie. Soulagée d'avoir affaire à sa sœur préférée - et unique, comme aimait à la taquiner Albert, l'époux de Cathy - Elsie se jeta dans ses bras, sous le regard réprobateur et méprisant de leur mère Adélaïde.

— Combien de fois vous ai-je dit de garder vos effusions pour vous !

Habituée à ce genre de rebuffades et forte d'un mari qui l'adorait et la soutenait sans faillir, Cathy fit face à la tempête.

— Il n'y a que vous dans le salon, mère. Toutefois, vous avez raison. Nous savons que notre amour fraternel vous indispose et nous nous entêtons à vous l'imposer. Aussi, suis-je amenée à vous présenter mes plus plates excuses.

Les yeux d'Adélaïde lancèrent des éclairs. Pour un peu, ses cheveux se seraient dressés sur sa tête pour la faire ressembler à la gorgone qu'elle était parfois… souvent… trop souvent.

— Comme à ton habitude, tu déformes tout ! De toute façon, que peut-on attendre d'une fille qui a été pourrie par son père ! Qu'elle ne se tienne pas en société, voilà tout ! Faites comme bon vous semble et couvrez-vous de ridicule.

Adélaïde écrasa ses filles de sa superbe et se détourna d'elles avec colère. Cathy s'autorisa une grimace à l'attention d'Elsie, dont elle sentait l'exaspération monter. La mère, outragée, s'éloigna avec toute la dignité dont elle était capable… ce qui n'était pas peu de chose. À l'inverse, Robert, jovial, en profita pour rejoindre ses filles adorées, suivi de près par Albert, l'époux de Cathy. Elsie enviait parfois sa sœur d'avoir pu dénicher dans la bonne société un homme de cette sorte. Bel homme, mince, compensant sa petite taille en se tenant résolument droit, Albert avait pour lui une intelligence vive et un humour piquant. Robert embrassa son aînée avec chaleur, sous le regard noir d'Adélaïde, tandis qu'Albert saluait sa si grande petite belle-sœur Elsie.

— Comment va ma belle-sœur préférée ? demanda-t-il avec un sourire désarmant.

Elsie prit un air faussement pincé.

— Il est heureux que je sois votre belle-sœur préférée. Il m'aurait déplu de me voir détrônée par Victoria…

Albert eut un sourire charmant et mit son index sur sa bouche.

— Chut… Nous garderons secrètes les raisons de ma préférence.

Albert fit un léger signe de tête à Elsie qui, se détournant de lui, put voir entrer Édouard et Victoria, vêtus selon le dernier chic de Londres, accompagnés d'Henry et de Constance, qui observait avec envie la robe de sa nièce par alliance. Henry, quant à lui, subissait les jérémiades de Victoria, sans savoir à son grand désarroi, quand le flot ininterrompu de lamentations allait cesser.

— Épouvantables ! Ces voitures sont épouvantables ! Il y a tant de chaos sur les routes qu'on ne peut se reposer dix minutes sans être réveillé en sursaut. Depuis Londres jusqu'au manoir, les enfants n'ont pas pu fermer l'œil et nous ont fait vivre un calvaire que seul un saint pourrait souffrir sans…

Albert et Elsie rirent sous cape devant l'air déconfit d'Henry. William et Alice choisirent cet instant pour entrer avec calme et élégance. William arborait à la boutonnière un ruban de la même étoffe que la robe de son épouse, tel un preux chevalier portant les couleurs de sa dame. Les membres de la famille se saluèrent avec courtoisie mais souvent sans chaleur. Toutefois, l'ambiance se détendit quelque peu lorsqu'Arthur et Beatrice, d'une élégance rare, entrèrent tout en prenant des pauses pour être admirés. Constance fut éblouie par le chic du couple et se précipita vers eux pour leur demander des précisions sur leurs fournisseurs. Résolument aimable, Arthur salua chaque membre de la famille avec effusion et parvint à arracher des sourires aux plus récalcitrants, exception faite de William et d'Alice.

Alors que la tempête hivernale s'installait à l'extérieur et que l'heure de passer à table s'approchait, Monsieur Miles entra avec discrétion dans le salon et s'entretint un bref instant avec Henry. Ce dernier se leva avec précipitation et quitta la pièce sans un mot pour les autres. Ce fait si saugrenu plongea dans la perplexité et le silence ceux qui avaient été ainsi abandonnés.

Les minutes s'écoulèrent, sans que personne n'osât bouger pour solliciter des explications. Toutefois, quelques bribes de conversations apparaissaient çà et là, laissant entrevoir les suppositions les plus folles. Victoria, quant à elle, était certaine que la foudre était tombée non loin du manoir et avait déclenché un incendie qui les menaçait tous. Elle suffoquait déjà sous les fumées imaginaires quand Henry réapparut… accompagné d'un bel inconnu aux cheveux d'un blond-roux lumineux. Stuart Spencer, encore un peu échevelé par le voyage, entra appuyé sur sa canne.

Devant ce gentleman qui se présentait en costume de voyage à l'heure du dîner, un silence curieux s'imposa. Henry, détendu et heureux, prononça alors la phrase que bien peu attendaient :

— Permettez-moi de vous présenter mon dernier invité, Monsieur Stuart Spencer, notre neveu et cousin. Je souhaite vivement que vous réserviez le meilleur accueil au fils aîné de ma sœur Violette.

Chapitre 2

U n court instant, le temps sembla suspendu, avant que la tempête ne se déchaînât. Victoria fut prise d'un hoquet réprobateur tandis que son époux, Édouard, se figea d'indignation avant de s'emporter :

— Vous auriez pu nous prévenir, mon oncle !

Aussitôt, Édouard regretta ses paroles. Il n'avait pas pour habitude de se laisser aller à l'énervement mais il était déjà trop tard. Il avait ouvert la boîte de Pandore. William s'avança d'un air menaçant vers son père qui ne cilla pas.

— Que cache cette mas...carade ? Effecti...vement, la réunion... de fa...mille est très complète ! Même les bâ...tards sont... présents !

À ces mots, la réprobation changea de camp. Édouard recula d'un pas, ne souhaitant sous aucun prétexte être associé à ce manque flagrant à la plus élémentaire des politesses. Robert s'enflamma et se dirigeait vers son neveu quand Stuart décida que nul autre que lui-même ne devait laver l'affront qu'il venait de subir. Malgré la douleur électrique qui traversait sa jambe sans discontinuer, il se dirigea d'un pas rapide vers William et se campa devant lui.

— J'ai gagné mon honneur sur les champs de bataille pendant que de petits élégants de votre espèce restaient dans les jupes de leurs nourrices, estimant en être largement pourvu. Si vous souhaitez vous faire rosser, vous pouvez continuer ainsi.

Devant la force calme de Stuart, William recula d'un

pas. Il était certes d'un caractère emporté mais n'avait aucun goût pour les coups. Il observa les autres membres de la famille mais ne rencontra aucun soutien en dehors de son épouse et de sa belle-sœur Beatrice. Tous réprouvaient l'insulte inacceptable qu'il avait proférée et n'entendaient pas lui octroyer la moindre aide. William se redressa et, d'un air crâne, tendit la main à Alice, qui s'en empara aussitôt. Ils quittèrent la pièce, drapés dans leur dignité offensée.

Édouard hésita un instant à leur emboîter le pas mais Victoria lui lança un tel regard qu'il abandonna son projet. Après tout, son épouse avait raison. Il devait saluer d'abord son cousin, innocent des circonstances de sa naissance, et pourrait se retirer ultérieurement s'il voulait marquer sa réprobation face à la décision de son oncle. Édouard s'approcha de son épouse et lui adressa un faible sourire pour la remercier de son bon sens.

Victoria, quant à elle, remarqua à peine le signe de son mari, tant l'insulte qui avait été lancée dans la pièce où elle se tenait par un membre de la famille de son époux, l'avait offusquée. Elle ne parvenait pas à contenir son indignation et ressemblait en tout point à une poule offensée... du moins, c'était à cet animal que songeait Elsie lorsqu'elle regardait sa belle-sœur.

Alors que chacun pensait que le plus gros de la tempête familiale était passé, Beatrice, au comble de l'aigreur, tenta de rallier son époux à la cause de William mais, se voyant opposer un refus net de quitter la pièce, décida qu'elle se rallierait seule à la cause de son beau-frère. Elle rengorgea et, sans un regard pour tous ces gens qu'elle méprisait du plus profond de son être, sortit avec fracas.

Henry soupira.

— Bien, j'espère maintenant que ceux qui restent ne me feront pas honte et salueront comme il se doit notre neveu et cousin.

Sans attendre la bénédiction de son frère, Robert s'avançait déjà au-devant de Stuart avec toute la chaleur dont il était capable. Alors que son neveu inclinait la tête pour le saluer, Robert s'empara de sa main et la serra entre les deux siennes.

— Mon cher neveu, je ne peux vous dire la joie que vous me faites d'avoir accepté l'invitation de mon frère. Je suis si content de vous rencontrer…

Robert regardait Stuart avec attention, cherchant à déceler dans les traits de cet inconnu le visage de sa sœur partie depuis tant d'années. Dans son dos, Adélaïde scrutait Stuart avec attention, essayant de jauger le degré de civilité de cet homme, puis hocha la tête d'un air satisfait.

— Vous avez les yeux de ma sœur, reprit Robert. Ce bleu-vert si subtil d'un ciel retournant au beau après l'orage.

Adélaïde ne put s'empêcher de sourire, ce qui surprit fort ceux qui la connaissaient.

— Vous devenez poète mon ami, dit-elle en s'approchant de Stuart.

Elle tendit sa main à son nouveau neveu par alliance. D'une courtoisie sans faille, Stuart s'inclina avec respect vers le bout des doigts de sa tante, dont le visage imprima une moue approbatrice. Cathy et Elsie s'approchèrent avec impatience. Il leur tardait de découvrir ce nouveau membre de la famille, dont nul n'avait songé à leur parler. Les deux sœurs savaient seulement que leur père avait eu une sœur cadette mais elles ignoraient jusqu'à l'existence de Stuart ou d'autres cousins. Les deux femmes piétinaient donc en attendant que leurs aînés aient fini de s'entretenir avec ce bel inconnu.

Henry s'avança avec Constance, dont le charme accueillit le nouveau venu de la plus aimable des façons. Ce fut ensuite le tour d'Arthur, d'Édouard et de Victoria, puis vint enfin le tour de Cathy et d'Albert, qui s'effaça pour céder sa place à Elsie.

Stuart se sentit scruté comme jamais auparavant. Toute la famille l'entourait, le pressait de questions, l'observait sous toutes les coutures. Chacun tendait l'oreille pour entendre les multiples réponses que Stuart fournissait de bonne grâce, essayant de combler une vie de séparation en quelques minutes. Henry fut soulagé du tour que prenaient les événements. Nul doute que nombre d'explications allaient encore suivre mais la tâche la plus délicate était passée.

— Je crois que nous pourrions laisser le temps à Monsieur Spencer de se rafraîchir avant le dîner, dit Henry.

Stuart fut soulagé de la pause que lui offrait son oncle. Il prit congé et suivit Monsieur Miles, apparu comme par magie, pour lui montrer le chemin de sa chambre. À peine avait-il passé le pas de la porte qu'un brouhaha d'exclamations envahissait le salon.

◆ ◆ ◆

Dans le fumoir, les hommes - du moins ceux qui avaient souhaité venir - terminaient la soirée autour d'un porto millésimé de grande classe. Stuart avait revêtu sa tenue de soirée, qui avait connu trop de soirées pour être impeccable mais qui conservait sur lui une élégance certaine. Arthur avait noté l'usure du vêtement mais s'était bien gardé d'en faire la remarque. Après tout, un gentleman ne se jugeait pas à l'épaisseur de son portefeuille mais à celle de son éducation. Robert, trop accaparé par la conversation et les nouvelles qu'il obtenait enfin de sa sœur et de son autre neveu James, n'avait rien remarqué. Quant à Albert, il se contentait d'écouter avec la plus grande attention le moindre détail donné par Stuart, sachant pertinemment qu'il allait devoir répéter à sa charmante épouse l'ensemble de la conversation.

Si l'ambiance était cordiale, voire amicale, dans ce coin de la pièce, l'autre angle subissait en revanche une conversation plus aigre. William et Édouard s'étaient mis en devoir de ramener Henry à la raison, ce que ce dernier n'entendait pas leur concéder.

— Je vous rappelle que je suis le chef de famille et que,

tous autant que vous êtes, vous dépendez financièrement de moi. Si la famille est devenue richissime, c'est grâce à mes investissements dans l'acier. J'ai décidé d'inviter Monsieur Spencer à notre réunion car j'entends redresser le tort qui a été fait à ma sœur. Violette et ses enfants seront réintégrés dans l'ordre successoral, que cette décision vous agrée ou pas.

À ces mots, William s'écroula sur sa chaise, sonné comme un boxeur venant d'encaisser un uppercut. Son esprit même se bloquait face à l'annonce qui avait été faite lors du repas. Dans ces conditions, comment pouvait-il trouver la force d'articuler une argumentation convaincante ? Édouard, quant à lui, était submergé par l'incompréhension.

— Avec tout le respect que je vous dois, mon oncle, il est inconcevable que vous réintégriez votre sœur dans ses droits. Son déshonneur va rejaillir sur notre nom et nous ne pourrons plus paraître en public sans être la risée des gens du monde.

William fut rasséréné que quelqu'un exprimât sa pensée à sa place. Les Worthington allaient être la risée de la bonne société. Tout ce que son grand-père, son père et son oncle s'étaient ingéniés à bâtir allait être balayé par la folie de son père. Le pire était pour William que son oncle semblait être d'accord avec la ruine de la famille, comme si réintégrer une gourgandine et ses bâtards dans l'ordre successoral était la chose la plus naturelle du monde. Pourtant, loin de se conformer à l'opinion frappée au coin du bon sens d'Édouard, son père s'entêtait dans son choix.

— Au lieu de te préoccuper de l'impact possible de ma décision sur la réputation de la famille, je souhaiterais que tu travailles davantage à promouvoir le nom de cette même famille.

Un soufflet n'aurait pas plus estomaqué le pompeux Édouard.

— Je vous trouve fort injuste, mon oncle. J'ai épousé l'une des plus riches héritières du pays de Galles et la renommée de notre famille dans cette région me doit beaucoup.

Henry se tordit d'impatience dans son siège.

— Je ne te parle pas de mariage ! Je te parle de travail, d'esprit d'entreprise, de contribuer à pérenniser la fortune familiale…

Édouard observa un instant son oncle et comprit qu'il n'obtiendrait rien de lui le soir même. Le vieil homme ne souhaitait qu'une chose : rejoindre l'autre conversation et cesser d'être importuné par les deux rabat-joie de la famille.

— Manifestement, vous avez décidé de ne pas comprendre ce que je vous dis. Aussi, me pardonnerez-vous de me retirer et de laisser à la nuit le temps d'apaiser les tensions.

Édouard se leva, salua avec courtoisie l'ensemble des hommes qu'il quittait, y compris Stuart qui eût pu être un homme fréquentable dans d'autres circonstances. Un peu nauséeux, William lui emboîta le pas, sans faire preuve de la même politesse à l'endroit de ce cousin détestable, de ce vulgaire pilleur d'héritage.

Enfin débarrassé de ses deux tourmenteurs, Henry se rapprocha de l'aimable groupe formé par Stuart, Robert, Arthur et Albert. Il allait pouvoir profiter de son neveu en paix, du moins autant que l'orage qui grondait avec vigueur à l'extérieur le lui permettrait.

◆ ◆ ◆

L e lendemain matin, les orages intérieur et extérieur connaissaient une légère accalmie. Dehors, une fine pluie tombait sans pour autant obscurcir le ciel et, avec un peu de chance, la matinée pourrait être parsemée d'arcs-en-ciel. Dedans, un buffet avait été dressé dans la salle à manger et présentait dans de la fine vaisselle un bel assortiment de thés, de toasts, de confitures, d'œufs brouillés, de compotes encore chaudes et de toutes autres victuailles nécessaires au parfait petit-déjeuner anglais. Les odeurs les plus alléchantes se mêlaient en une symphonie de senteurs pour ouvrir l'appétit aux plus récalcitrants. Les membres de la famille se relayaient pour remplir tour à tour leurs assiettes et leurs tasses au fur et à mesure de leur arrivée. Comme de tradition, chacun se servait lui-même sans attendre qu'un domestique ne s'en chargeât.

Installés à l'un des bouts de la grande table, Cathy, Albert, Arthur - très élégant malgré l'heure matinale - et Elsie discutaient avec animation. La plus jeune sœur était d'une insatiable curiosité, n'ayant pas eu le privilège comme Cathy de se voir raconter par le menu chaque détail de la soirée dans le fumoir. Elle questionnait Arthur et Albert sans discontinuer depuis qu'ils s'étaient installés à sa portée. Quoique Cathy lui eût reproché à plusieurs reprises son manque de discrétion, la sœur aînée écoutait avec avidité le moindre détail, ajoutant au flot des questions d'Elsie quelques autres demandes de précisions.

À l'autre bout de la table, Victoria, Beatrice et Alice prenaient quant à elles leurs thés en silence. Beatrice et Alice ne cachaient pas leur hostilité envers la situation déplorable dans laquelle elles s'estimaient plongées depuis la veille. Victoria se montrait, pour sa part, plus partagée sur la question : d'un côté, William avait fait montre d'une telle grossièreté envers son cousin qu'elle ne pouvait l'accepter ; de l'autre, ce Monsieur Spencer avait beau avoir l'air d'un homme fort courtois, son arrivée impromptue allait diviser l'héritage de son époux. La situation n'était pas simple à démêler !

Les convives étaient ainsi accaparés par leurs réflexions respectives quand Stuart entra dans la salle à manger. Il avait l'air en meilleure forme que la veille, la nuit de sommeil lui ayant permis de calmer les douleurs de sa jambe. Il espérait que cette nouvelle journée verrait la curiosité de ses cousins se tarir et pouvoir se consacrer à la tâche qui l'avait conduit parmi eux : la chasse au meurtrier. À peine avait-il franchi la porte qu'Elsie lui fit signe de les rejoindre. Stuart lui sourit avec amabilité. Dès qu'il avait posé les yeux sur cette jeune femme pleine de vie, ses pensées avaient repris un chemin oublié depuis fort longtemps, celui qui le menait vers Amanda. Soutenu par sa canne, il se dirigea pourtant vers l'autre bout de la salle. Elsie en fut si déconfite qu'une moue prodigieuse marqua son visage. Cathy tapa sur la main de sa petite sœur.

— Laisse le temps à notre cousin de saluer notre belle-sœur et nos cousines.

Stuart conversait alors avec les trois femmes qui l'observaient sans vergogne. Alice et Beatrice avaient à peine desserré les dents, quand Victoria se montrait polie et aimable à son égard. Elsie pensa par-devers elle qu'elle s'était montrée méchante et injuste envers sa belle-sœur. Victoria faisait preuve de retenue et d'éducation, ce qui était loin d'être le cas d'autres membres de la famille. Après un bref échange de banalités, Stuart se dirigea vers l'autre bout de la table, posa sa canne, s'enquit de la santé de ses cousins, puis alla remplir sa tasse et son assiette. Elsie le détailla pendant qu'il lui tournait le dos. Grand, bel homme, courtois, cet inconnu avait vraiment de quoi retenir l'attention de nombre de femmes. Sa boiterie même ne l'enlaidissait pas. Au contraire, elle lui donnait un charme particulier, celui de l'homme ayant connu le feu. Elsie s'étonna elle-même. D'où une idée si saugrenue avait-elle pu surgir ? Elle se détourna de son observation insistante quand Stuart rejoignit la table. La jeune femme nota tout de même qu'il marchait sans canne sur les quelques mètres séparant le buffet de la table.

Quand Stuart se fut installé, un étrange silence s'imposa. Afin que l'ambiance demeurât cordiale, Arthur se dévoua pour relancer la conversation.

— Bien que je ne me fasse aucune illusion sur le poids de mon opinion, commença-t-il, je souhaitais vous dire que je soutiens la décision de mon père de réintégrer ma tante Violette et ses enfants dans la succession.

— Moi de même, confirma Cathy, je ne peux qu'approuver une telle décision et, Arthur, vous êtes trop dur avec vous-même. Votre opinion nous a toujours intéressés.

Arthur honora sa cousine de son sourire le plus charmant, ce qui contraria Albert. Famille ou pas, il veillait avec jalousie sur son épouse bien-aimée. Loin de se douter de la réaction épidermique de l'époux, Arthur continua :

— Vous êtes trop aimable, cousine. Je sais que je suis le fainéant de la famille mais j'accepte le rôle de bonne grâce.

Albert considéra qu'il était temps de détourner la conversation :

— Je pense que votre père se montrera heureux que vous partagiez son opinion, intervint-il. C'est étrange d'ailleurs comme la mort de Mary a pu l'humaniser à mes yeux…

Stuart sauta sur l'occasion d'obtenir quelques renseignements sur l'affaire qui l'avait mené dans ce manoir.

— Qu'est-il arrivé à Mary ?

Cathy avala sa gorgée de thé pour reprendre la parole avant les autres.

— Selon la police, la pauvre Mary a surpris un voleur dans le salon et ce dernier l'a entraînée dans le jardin pour l'étrangler. Comment expliquer autrement sa mort ? Elle était seule et n'avait d'autres joies dans la vie qu'oncle Henry.

Stuart nota ce détail, sans toutefois montrer qu'un élément avait pu piquer son intérêt.

Albert estima pour sa part que l'explication fournie par son épouse manquait de réalisme.

— Cette histoire me paraît tout de même bien extravagante. Si Mary a vraiment été étranglée par un voleur, pourquoi ne manque-t-il rien dans la maison ?

Cathy leva les yeux au ciel. Qui pouvait savoir ce qu'il se passait dans un cerveau criminel ?

— Avez-vous tout vérifié ? demanda Stuart.

— Tout, répondit Albert. Il ne manque pas la moindre petite cuillère. Il faut croire que Mary est tombée sur le voleur au moment précis où il entrait dans le salon pour nous cambrioler et que celui-ci est reparti sans butin mais en étranglant la bonne. C'est proprement ridicule ! Toutefois, l'inspecteur s'en tient à cette version.

— Ou bien, il faut croire que notre famille abrite un meurtrier, glissa avec froideur et détermination Elsie.

Elsie, très calme, but une gorgée de son thé sous le regard horrifié de sa sœur. Stuart, Albert et Arthur l'observèrent au contraire avec intérêt.

— Il ne faut pas dire des choses pareilles Elsie, même pour plaisanter, la réprimanda Cathy.

— Mais je ne plaisante pas.

Le ton froid et détaché d'Elsie étonna Stuart. Cette jeune femme dépareillait vraiment dans le tableau de la famille parfaite. Il comprenait mieux pourquoi l'inflexible Adélaïde malmenait sa plus jeune fille. Soudain, le son d'une violente dispute troubla ses réflexions. Monsieur Miles se dirigea vers le couloir puis ferma la porte pour étouffer le bruit.

La porte de la salle à manger s'ouvrit quelques instants après et Henry entra, des cernes sous les yeux. Stuart songea que son oncle semblait très fatigué pour cette heure matinale. Les soucis de sa décision ou les disputes l'avaient peut-être empêché de trouver le sommeil… Quand Henry vit que Stuart était assis avec son fils et ses neveux, il soupira d'aise et se dirigea vers eux. Elsie fronça les sourcils. L'état de santé de son oncle la préoccupait. Il lui semblait qu'Henry allait de moins en moins bien à chaque fois qu'elle le voyait.

— Voulez-vous que je vous serve une tasse de thé, mon oncle ? demanda-t-elle.

— C'est gentil, Elsie, mais je ne me sens pas bien ce matin, répondit-il entre deux respirations sifflantes. Je préfère ne rien manger.

Henry prit un peu de temps pour recouvrer son souffle. Puis, il se tourna vers Stuart et le regarda un instant boire son thé. Robert avait vu juste, son neveu avait hérité des beaux yeux de sa mère.

— Je suis vraiment désolé de la réaction de certains membres de la famille.

Stuart parut surpris.

— Nous ne sommes responsables que de nos propres actes, Monsieur Worthington.

— Si seulement… Heureusement, pour une fois, Arthur a la conduite que l'on peut attendre de lui. D'ailleurs, je t'en remercie, mon fils. C'est un réel soulagement de voir que tu approuves ma décision.

Arthur se redressa, sous le choc de cette amabilité.

— Je vous en prie, père. Comme vous l'avez rappelé hier soir, la famille doit sa fortune à votre travail. Aussi, serais-je bien mal placé pour juger de vos décisions.

Stuart fronça peu à peu les sourcils. L'argent, l'argent, toujours l'argent. Quel que soit le sujet abordé dans cette famille, tout revenait à l'argent.

Cathy dodelina de la tête.

— Tout de même, je comprends l'embarras de mon oncle. Dès que mon frère Édouard rentrera de la chasse, je vais discuter avec lui pour le ramener à la raison.

— Pour ma part, souffla Henry, je n'ose pas vous promettre de ramener William ni même Édouard à la raison… Ces deux-là m'ont épuisé.

Cathy observa Henry. Se pouvait-il que les hurlements qu'ils avaient entendus quelques minutes auparavant soient le fait d'Édouard ? Cela ne se pouvait ! Édouard était un homme à l'éducation parfaite et aux nerfs solides, il ne se laisserait jamais emporter de la sorte, *a fortiori* contre son oncle. Qui d'autre en ce cas ? Les autres hommes étant présents, il ne restait que William ou son père, Robert… William donc… ou un domestique… Non, William.

Henry regardait Stuart finir son thé. Bien qu'il ne souhaitât pas brusquer son neveu, il lui tardait qu'il eût fini son petit-déjeuner. Il avait tant à lui dire. Robert entra dans la salle à manger, un large sourire sur le visage. Il se précipita sur le buffet et se servit avec largesse et rapidité, puis s'installa à table sans prendre le soin de saluer sa famille. Elsie regardait avec bienveillance son père engloutir autant de sucreries qu'il le pouvait.

— Doucement, père. Si mère entre et voit votre assiette, elle va encore vous étriller.

— C'est bien pour cela que je profite de son absence, répondit Robert tout guilleret.

Stuart et Albert sourirent en finissant avec sérénité leurs assiettes. Henry saisit alors sa chance mais fut devancé par son neveu.

— Si cela est possible, je souhaiterais pouvoir vous parler, Monsieur.

— Je vous en prie, appelez-moi Henry ou mon oncle, mais pas Monsieur. Avec toute cette panique, j'ai manqué à tous mes devoirs envers vous et j'ai omis de vous accorder le temps que vous méritiez.

Alors que les conversations avaient repris leur cours, les deux hommes se levèrent et sortirent. Si quelques-uns étaient curieux d'entendre la conversation qui allait suivre, ils se gardèrent de le montrer.

S tuart aima le bureau d'Henry à l'instant même où il le découvrit. Il emplit ses poumons de ses odeurs de vieux papiers et de cuir pendant qu'il l'admirait. En prévision des orages, les domestiques avaient occulté les larges fenêtres par des panneaux en bois. Seule la plus proche du bureau où Henry avait l'habitude de travailler avait été découverte pour les quelques heures de tranquillité qui s'annonçaient. À travers cette ouverture, le soleil tentait une faible percée lumineuse pour éclairer la pièce d'une belle ampleur. Au sol, Stuart remarqua le lourd panneau de bois posé à côté de la fenêtre. *Les orages ont dû se multiplier pour que les domestiques d'une telle maison estiment nécessaire de conserver à portée de mains ce*

genre de barricades. Toutefois, cette pensée naissante s'étouffa d'elle-même quand Stuart parcourut du regard la bibliothèque magnifique de son oncle. Il lui semblait que nombre de ces volumes tapissant les murs jusqu'au plafond portaient sur des sujets d'une grande austérité pour l'amoureux des lettres qu'il était. L'économie et l'industrie n'avaient jamais fait partie de ses lectures de prédilection… à l'inverse de son oncle selon toute vraisemblance.

— La bibliothèque est à votre disposition, intervint Henry. Il fait d'habitude plus clair ici mais l'orage rôde et nous préférons protéger les fenêtres.

Stuart se libéra de sa contemplation et s'approcha de son oncle, sa canne s'enfonçant dans les profondeurs du tapis. En dehors des livres qui avaient retenu son attention, le bureau comptait deux larges tables sur lesquelles les papiers étaient amoncelés pêle-mêle… Il ressortait une étrange impression de ce spectacle immobile. La pièce semblait constamment sur le point de s'effondrer sur elle-même tant l'équilibre des piles était instable. Toutefois, Stuart était persuadé qu'une certaine logique devait présider au classement de ces documents.

Henry s'assit à son bureau et, contre toute attente, rehaussa ses jambes grâce à un petit pouf sur lequel il laissa tomber ses pieds d'un geste lourd. Alors qu'il espérait retirer quelque réconfort de cette position, il constata avec contrariété qu'il n'en était rien. Il se sentait mal, engoncé et vieux pour être honnête. Ses boyaux se tordaient à n'en plus finir et le mettaient au supplice à un rythme si soutenu, qu'il ne parvenait presque plus à s'alimenter. Quelle épouvantable sensation… Voyant que Stuart ne s'était pas assis en face de lui, il l'invita d'un signe de la main et prendre place dans le fauteuil.

— Je suis vraiment désolé pour mon manque de tenue ce matin mais je suis extrêmement las.

Stuart posa sa canne contre le fauteuil et s'installa avec précaution. Avec cette maudite jambe, il ne pouvait jamais être assuré qu'un mouvement n'allait pas lui coûter une souffrance démesurée. La douleur le traversa telle une lame chauffée à blanc et, malgré l'habitude qu'il avait de ces crises, Stuart blêmit quelques secondes. Henry observa son neveu, si jeune encore, être en proie à des douleurs égales voire supérieures aux siennes et ressentit une grande compassion pour lui. Il lui laissa le temps de retrouver ses esprits, sachant combien le mal pouvait réduire les facultés réflexives.

— Que voulez-vous savoir, Stuart ?

— Je voudrais que vous me précisiez les raisons exactes de ma venue.

Henry sourit, ce qui ne lui arrivait plus très souvent depuis quelques temps.

— Ce que j'ai dit hier est vrai. Je veux que les droits de ma sœur et de ses fils soient reconnus. Notre famille a fait fortune dans l'acier et, cette fortune, elle me la doit. Aussi, puis-je distribuer mon argent comme bon me semble. Votre mère recevra sa part à ma mort. J'ai changé mon testament il y a une dizaine de jours et mon notaire le conserve en son étude.

Henry fit une pause. Parler lui coûtait de plus en plus. Il fallait qu'il consultât son médecin, cette faiblesse ne pouvait pas perdurer.

— Vous êtes le premier à qui j'en parle. Je ne souhaitais que les autres sachent que ce changement était déjà enregistré. Quant à l'autre modification que je m'apprête à faire, elle ne concerne en rien les droits de Violette ni les vôtres… Au contraire.

Stuart fut quelque peu abasourdi par ces confidences. Lui, l'inconnu, le bâtard rejeté par sa famille toute sa vie durant, était désormais le dépositaire d'un secret bien étrange. Pourquoi Henry n'avait-il pas jugé bon informer les membres de sa famille de ce changement de testament ? Plus étrange encore, quelle était la nouvelle modification que le patriarche s'apprêtait à faire ? Stuart fit mine de parler mais Henry le coupa d'un geste de la main.

— La deuxième raison pour laquelle je vous ai fait venir

est la mort de Mary. Comme je vous l'ai écrit, je ne crois pas qu'elle ait été assassinée par un rôdeur. Notre famille a connu trop de sombres secrets pour que cela soit aussi simple.

Un hoquet surprit Henry, qui s'étouffa. Il se sentait mal… très mal… trop mal. Les nausées l'envahissaient. Sa respiration encombrée avait de quoi alarmer quiconque autour de lui. Stuart se leva et s'approcha de son oncle. Étouffé, Henry enleva les pieds du pouf, essayant de trouver une position plus confortable, tout en tirant sur son col de chemise.

— Vous voulez que j'appelle un médecin ?

Henry parvint à prendre une inspiration un peu plus profonde que les précédentes et secoua la tête d'un signe négatif.

— Non, cela va aller… c'est la contrariété… Voyez-vous Stuart, j'aurais aimé avoir des fils de votre trempe. Le peu que j'ai vu de vous me conforte dans mon choix.

Stuart se rassit, préoccupé. Il observa Henry d'un œil neuf : douleurs abdominales, sueurs abondantes, traits tirés, yeux rougis, teint pâle… Son oncle ne semblait pas en si piteux état la veille au soir… Espérant se donner quelques secondes de plus pour recouvrer son souffle, Henry tendit la main vers le verre d'eau posé à côté de lui. Il avala avec précaution une gorgée du liquide et sembla se détendre un peu.

— Mes fils sont…

Une quinte de toux le saisit sans lui laisser la possibilité de finir sa phrase. Incapable de reprendre son souffle, il toussait sans trêve, sa cage thoracique entière tremblant avec désespoir. Stuart se leva d'un bond, se précipita vers son oncle et, incapable d'un autre geste salvateur, lui tapa dans le dos. Loin de calmer la toux caverneuse, ce geste sembla amplifier encore le phénomène. Commençant à suffoquer, Henry réunit ses dernières forces pour articuler :

— Ma mmm….

Stuart se précipita vers le couloir aussi vite que sa jambe invalide le lui permettait et, un œil sur Henry, il ouvrit la porte pour crier :

— À l'aide ! Allez chercher un médecin !

Laissant la porte ouverte derrière lui, il retourna auprès de son oncle. Henry, cyanosé, tenta de se lever et s'écroula sous l'effort, son pauvre corps ne lui obéissant plus. Stuart attrapa son oncle afin de le retenir mais, trahi par sa jambe, il s'abattit au sol, Henry serré contre lui.

— Ma mmè…

Stuart se pencha vers lui, conscient qu'Henry essayait dans un effort désespéré de lui dire quelque chose.

— Je vous écoute.

— Ma mmè…

Stuart avait côtoyé trop de fois la mort pour ne pas reconnaître sa vieille compagne lorsqu'elle apparaissait. Son oncle était condamné, Stuart le savait, Henry le savait, la mort aussi le savait. Henry agonisait, se tordant de douleur dans les bras de Stuart. Le neveu ne savait comment amoindrir les souffrances du moribond. Il desserra le col de la chemise de son oncle, dans l'espoir vain, de lui permettre de respirer. Henry était en train de passer dans l'autre monde quand Monsieur Miles entra en courant dans le bureau, aussitôt suivi par William. La vue de son père succombant mêlée à son bégaiement lui ôta l'usage de la parole. Puis, un torrent de haine déferla en lui.

— Qu'avez-vous… fait à mon… père ? hurla-t-il.

Monsieur Miles appela « Simon » d'une voix forte et sonore dans le couloir. Il revint en toute hâte auprès d'Henry que Stuart serrait toujours contre lui. William se jeta sur son cousin pour lui arracher son père des bras. Stuart en resta stupéfait mais comprit que cet accès de violence serait son quotidien tant qu'il demeurerait au manoir… Du moins tant qu'il n'aurait pas élucidé les crimes qui y avaient été perpétrés.

— Mais je…, tenta-t-il.

William resserra son étreinte sur son père, comme pour

le préserver d'une quelconque menace.

— Écartez-vous ! Ne… le tou…chez pas !

Simon, un trentenaire brun et bien bâti, entra en courant dans le bureau et, sans qu'un mot ne soit échangé, Monsieur Miles et lui soulevèrent le mourant avec délicatesse et l'emportèrent le plus vite possible. Henry, déjà absent à lui-même, lança un dernier regard à Stuart. *Je ne sais pas qui vous a fait cela, Henry, mais je vais le trouver.* William, hébété, suivait l'étrange brancard en émettant une longue plainte craintive.

Chapitre 3

S tuart resta assis par terre quelques instants. Il devait se remettre du choc et observer. *Tu as déjà enquêté sur des crimes, alors concentre-toi !* Henry n'était devenu son oncle que depuis moins d'une journée mais Stuart savait qu'il aurait pu aimer cet homme. Il sentit une colère sourde monter en lui. Quelqu'un avait tué Mary et quelqu'un avait tué Henry. Il pouvait s'agir d'un même tueur ou de deux êtres immondes différents mais le second avait fait une erreur, une grossière erreur. Il avait tué son oncle en sa présence. Stuart fouilla le bureau du regard. *Comment ?* Ses yeux rencontrèrent le verre tombé au sol. Henry avait bu de l'eau ou, du moins, ce qu'il avait cru être de l'eau. Il devait s'emparer du verre avant qu'un balourd ne vienne entraver ses investigations. Tous devaient être au chevet d'Henry à l'heure qu'il était mais Stuart ne se faisait guère d'illusions. Henry n'allait pas tarder à expirer et libérerait avec sa mort les membres de sa famille qui viendraient saccager les preuves encore présentes. L'un poserait ses doigts sur tel objet et compromettrait les empreintes peut-être laissées par le tueur, l'autre ramasserait le verre et renverserait les dernières gouttes de liquide quand un domestique enlèverait la carafe d'eau pour la ranger.

Stuart se glissa vers le bureau afin de pouvoir se relever. Il s'agrippa à la lourde table et parvint à se mettre debout. Il vit alors sa canne tombée non loin de lui et boita jusqu'à elle. Dans une manœuvre qu'il jugea audacieuse mais à laquelle il était contraint par le temps, il parvint à se saisir de sa canne en se baissant en équilibre sur sa jambe valide. Satisfait d'avoir gagné du temps grâce à cette acrobatie, il se dirigea d'un pas plus ferme vers le verre abandonné au sol. Appuyé sur sa canne, il sortit de sa poche une paire de gants. Un vieux réflexe hérité de son précédent travail. *Toujours disposer de gants sur soi.* Il attrapa l'objet de sa main couverte en prenant grand soin de préserver le fond de boisson encore dans le verre. Il huma avec attention le liquide inconnu. *Il n'y a pas vraiment d'odeur... Peut-être un peu mais c'est trop léger... Au moins, ça ne sent pas l'amande.* Stuart reposa le verre où il l'avait trouvé, en préservant toujours son contenu. Après tout, l'inspecteur, qui n'avait pas convaincu Henry lors de la mort de Mary, serait peut-être un peu plus diligent face à celle du maître des lieux. Stuart s'approcha alors de la table où la carafe reposait encore. Il souleva le bouchon et prit une profonde inspiration. L'odeur était plus forte mais toujours insaisissable. *C'est bien ce qu'il me semblait. Il n'y a pas que de l'eau dans ce flacon.* Il replaça le bouchon et jeta un coup d'œil aux livres posés en tas sur le bureau. Des livres comptables, des bilans financiers, des suites de chiffres sans intérêt ou, pour être honnête, inexploitables pour l'heure par Stuart. Il s'approcha alors de la seconde table encore plus enfouie sous les documents que la première mais fut aussi déçu par son contenu.

Stuart boita vers la sortie, se retourna une dernière fois pour observer le bureau, essayant de fixer dans sa mémoire le moindre détail de la pièce et sortit, emportant la clé avec lui.

◆ ◆ ◆

E lsie était triste, en colère, choquée, outrée, blessée. Trop de sentiments se bousculaient en elle à cet instant où elle rencontrait la mort d'un proche pour la première fois. Elle aimait bien ce vieil oncle Henry. Il était autoritaire et bougon mais avait toujours été très attaché à son frère et à ses enfants. Une étrange émotion bousculait les autres et elle en fut intriguée. Pourquoi avait-elle cette sensation diffuse que quelque chose n'allait pas ? La rapidité de la mort de son oncle peut-être… Elle avait entendu dire que certaines attaques du cœur étaient foudroyantes mais était-ce à ce point ? Quand on était saisi par ce mal, se pouvait-il que l'on mourût en quelques minutes sans pouvoir faire ses adieux à ses proches ? Tout en descendant avec lenteur les marches de l'escalier central, Elsie songeait à la fragilité de la vie. Elle qui incarnait l'énergie même s'effondrerait-elle avec la même rapidité que son oncle ? Un léger son attira son attention. Son regard embué par les larmes l'empêcha de voir d'où il provenait. Elle essuya ses yeux d'un revers de manche et vit Stuart refermer la porte à clé et la mettre dans sa poche.

— C'est fini, l'informa-t-elle.

Stuart se retourna et observa sa cousine, grande silhouette dans sa robe bleu nuit. La jeune femme semblait désemparée. Il acquiesça avec gravité et s'approcha de l'escalier pour l'accueillir. Stuart ne savait pas pourquoi il allait au-devant d'Elsie. Il savait seulement qu'il devait le faire.

— Nous n'avons même pas eu le temps de prévenir le médecin.

— Il n'aurait rien pu faire, Miss Élisabeth.

— Je n'ai jamais aimé mon prénom. Appelez-moi Elsie, s'il vous plaît.

Stuart sourit. La demande était incongrue dans les circonstances présentes mais qui était-il pour juger d'un tel détail ?

— Miss Elsie, donc.

— Non, Elsie tout court. J'ai longtemps été le bébé de la famille et nul n'a jamais songé à me qualifier de Miss. Pourquoi dites-vous que le médecin n'aurait rien pu faire ?

Stuart s'intéressa de près à sa cousine. La jeune femme

avait de la suite dans les idées et un regard vif qui vous pénétrait au plus profond de l'âme. Elsie acheva de descendre l'escalier et planta son regard noisette dans les yeux bleu-vert de son cousin. Elle était déterminée. Stuart découvrait dans ses yeux embués de larmes une vivacité d'esprit qui lui plut. Elsie le jaugea et prit une décision. Elle contourna l'escalier et fit signe à ce nouveau cousin de la suivre dans un recoin plus isolé.

— Pourquoi dites-vous cela ? insista-t-elle. N'est-ce pas une attaque ?

— Je ne peux pas vous l'affirmer mais j'ai déjà été confronté à une mort similaire.

Elsie croisa ses bras sur sa large poitrine. Bien ancrée au sol, la jeune femme n'entendait pas se satisfaire de vagues allusions.

— Et… ?

Ce fut au tour de Stuart de jauger sa cousine. Il lui fallait un ou une alliée dans cette famille. Sans aide, il ne pourrait pas démêler les fils de ce mystère. La plupart des gens refusaient de livrer les secrets de famille à des étrangers. En revanche, cette petite cousine parviendrait peut-être à délier les langues de ses familiers.

— Empoisonnement à l'arsenic. Des doses régulières jusqu'à la dose fatale.

Elsie blêmit mais ne s'effondra pas. *Solide la jeune dame.*

— Je savais bien qu'il y avait un assassin dans ce manoir.

— Soyez prudente, Elsie. Si tel est le cas, il ne reculera pas devant un autre meurtre.

— Ne me prenez pas pour une petite femme fragile. Je n'en ai ni le corps, ni l'esprit. Si un assassin veut se frotter à moi, qu'il vienne !

Stuart ne put s'empêcher de sourire. *Qui s'y frotte, s'y pique…* Se pouvait-il que le destin ait distribué plus de courage aux jupons de la famille qu'aux pantalons ? Ses cousins n'avaient guère impressionné le nouveau-venu qu'il était. Entre le bègue hargneux, le dandy désinvolte et le pompeux bedonnant, ses trois cousins lui déplaisaient fort. En revanche, la vive poupée de porcelaine et sa bravache petite sœur avaient tout pour lui plaire. Le problème avec la bravoure excessive était qu'elle pouvait parfois vous coûter la vie… ou une jambe.

— Nous parlons de quelqu'un qui a assassiné deux personnes en dix jours, sermonna-t-il.

— Je sais et je souhaiterais vivement que nous l'arrêtions avant qu'il ne tue encore quelqu'un que j'aime.

— Vous pensez à quelqu'un en particulier ?

Elsie pinça les lèvres en une moue pensive.

— Non mais je ne suis pas idiote. Je vois bien qu'il y a des tensions hors du commun dans cette famille. Comme je suis la petite dernière, personne ne me parle mais je suis certaine d'une chose : l'explication de ces meurtres se trouve…

— Dans vos sombres secrets.

Elsie releva un sourcil. Il était rare que sa pensée suivît le même chemin que celle de quelqu'un d'autre.

— Oncle Henry allait peut-être vous les livrer finalement.

Stuart resta pensif quelques instants. Il tendit l'oreille et n'entendant personne arriver, il se pencha vers sa cousine pour murmurer :

— Précisément et on l'a fait taire… Très bien, cousine. Jouons cartes sur table. Je vais être suspecté du meurtre d'Henry mais je vous assure que je suis innocent.

Elsie haussa les épaules face à l'évidence de cette affirmation.

— Je sais.

— Comment pouvez-vous en être sûre ?

— Pour ma part, je ne crois pas au crime de rôdeur. Je pense que Mary savait quelque chose…

— Voilà un point intéressant : qui aurait eu intérêt à tuer Mary ? s'enquit Stuart.

— Personne. Ce n'était qu'une pauvre vieille bonne, un

peu sénile.

— Bien. Présentons les choses autrement. Qui vit assez près pour empoisonner Henry de façon régulière ?

Elsie sembla surprise. Elle n'avait pas envisagé les événements sous cet angle.

— Tous ceux qui vivent ici à l'année : Constance, William, Alice, Arthur, Beatrice, ainsi que mes parents Robert et Adélaïde. Cathy et Albert vivent à moins d'une heure à cheval, ce qui les laisse sur la liste des suspects. De plus, n'oublions pas les domestiques : le majordome Monsieur Miles, l'intendante Madame Travis, le valet d'Henry, Simon, le valet de mon père, Peter, la cuisinière Madame Grant, auxquels il faut ajouter trois commis de cuisine, trois femmes de chambre, trois bonnes... sans oublier le jardinier.

Stuart accueillit avec un enthousiasme très limité la longue liste de suspects potentiels que venait de lui déclamer sa cousine.

— Ce qui porte la liste des suspects à une bonne vingtaine de personnes.

Le sourire lumineux d'Elsie aurait dissipé les ténèbres les plus sombres.

— Oui, nous progressons merveilleusement vite !

Stuart la regarda avec stupéfaction. *L'enthousiasme du débutant...* Elsie, très satisfaite, regagna les escaliers alors que Robert et William rejoignaient le rez-de-chaussée d'un pas lourd. Rien dans la physionomie des deux hommes ne laissait présager une attitude mesurée ou raisonnable. Stuart se prépara à affronter la tempête.

◆ ◆ ◆

Abasourdi, William tombait de marche en marche comme un automate mal réglé. Il regardait dans le vide, son esprit même était bloqué. Arrivé en bas, il aperçut Elsie et, à quelques mètres derrière elle, une démarche qui lui faisait désormais horreur, celle d'un homme qui boitait.

William se figea et, pointant son index vers Stuart, gronda :

— C'est… lui… l'assassin !

Robert, qui connaissait bien son neveu, comprit que l'antipathie immédiate qu'avait ressentie William pour Stuart guidait sa pensée. Sachant de quelles extrémités était capable le désormais chef de la famille, Robert s'interposa entre les deux hommes.

— William, s'il y a bien une personne qui n'avait aucun intérêt à voir mourir ton père, c'est bien Stuart. Réfléchis un peu !

William fixa son regard absent sur cet oncle qu'il semblait découvrir pour la première fois. Le choc de la mort de son père avait été rude. D'autant plus rude qu'il devait désormais assumer la lourde tâche d'être celui qui décidait. Accablé, William vacilla, ses jambes se dérobèrent sous lui et il s'écrasa sur une marche de l'escalier.

— Il… faut envo…yer quelqu'un cher…cher la police…

Robert tapota l'épaule de son neveu. Il pouvait au moins lui accorder un délai avant de devoir endosser le costume un peu trop large de chef de famille.

— Je m'en occupe William.

Se tournant vers Stuart, il ajouta d'un ton neutre :

— Stuart, je vous demanderais de bien vouloir rester au manoir.

Robert avait quelque doute sur son aptitude à exiger que Stuart demeurât au manoir mais il estimait qu'une fuite précipitée de son neveu pourrait être un signe de culpabilité. Il lui fallait donc être fixé sur les intentions du nouveau venu.

— Je n'avais pas l'intention de partir, bien au contraire…

Robert cligna des yeux de surprise. Faisant écho à son trouble, la foudre tomba non loin du bâtiment avec une force assourdissante. Les murs et les fenêtres vibrèrent sous l'impact du feu céleste, chacun se recroquevillant par réflexe. La surprise fut de courte durée et, après quelques instants de sidération, les domestiques se précipitèrent pour recouvrir les fenêtres encore libres des derniers panneaux de protection. Par habitude, Monsieur Miles se hâta vers le bureau d'Henry mais trouva porte close.

— Je vais m'occuper de cette fenêtre, Monsieur Miles. Jusqu'à ce que la police arrive, le bureau et la chambre de Monsieur Worthington doivent rester fermés.

Malgré un tempérament calme et posé, Monsieur Miles fut décontenancé par l'assurance de Stuart. Certes, cet homme était un membre de la famille mais comment pouvait-il prendre le contrôle de la destinée du manoir en présence de l'héritier légitime ? Un bref mouvement de réprobation traversa son visage, avant que le majordome ne se tournât vers William, qui ne lui accorda aucune attention. De guerre lasse, il adressa une supplique silencieuse à Robert qui se redressa. L'oncle avait lui aussi été piqué par sa remarque.

— Vous avez raison, Stuart. Toutefois, je vous trouve un certain toupet de prendre cette décision.

Stuart observa son oncle de son regard le plus scrutateur. L'enquêteur en lui réapparaissait, jaugeant les réactions des uns et des autres, évaluant la véracité des mots prononcés et pesant l'âme de chacun.

— La raison en est simple. Henry m'avait fait venir pour mener une enquête et c'est précisément ce que je vais faire.

À ces mots, William blêmit davantage, ce qui n'échappât pas à son cousin.

— Une enquête… mais à quel sujet ? bredouilla Robert, encore plus déconcerté que son neveu.

— La mort de Mary… et maintenant, la sienne. Je vous montrerai la lettre qu'il m'a envoyée.

William se désintéressa de la conversation et replongea dans un monde où il était seul pour son plus grand réconfort. Lorsqu'il était dans cet état, il avait pris l'habitude depuis sa plus tendre enfance de se balancer d'avant en arrière, trouvant dans ce bercement un réconfort que rien d'autre ne lui procurait. Stuart observa avec intérêt l'étrange comportement du chef de famille. *J'aurais aimé avoir des fils de votre trempe* avait dit son oncle. Il comprenait désormais l'inquiétude et le dépit d'Henry face à ses successeurs.

— Bien… intervint Robert. Puisqu'il en est ainsi, faites comme bon vous semble. Monsieur Miles, vous donnerez à Monsieur Spencer les clés de la chambre et du bureau d'Henry. Ensuite, vous placerez deux personnes devant chacune de ces portes jusqu'à l'arrivée de la police.

La majordome attrapa son trousseau de clés et en sortit deux qu'il tendit à Stuart. Ce dernier les empocha sans y jeter le moindre regard. Il était trop absorbé à sonder l'âme des hommes présents pour s'intéresser à ces menus détails. D'évidence, il vérifierait que Monsieur Miles lui avait bien donné les clés du bureau mais quelque chose dans le détachement tout professionnel du majordome lui laissait penser que c'était bien le cas.

Un coup de vent plus violent frappa le manoir de plein fouet. Stuart s'engouffra dans le bureau. S'il en avait interdit l'accès, ce n'était pas pour laisser la scène du crime être détruite par l'orage. Elsie, qui avait tout observé en se gardant bien d'intervenir, grimpa l'escalier quatre à quatre afin d'aider les domestiques à barricader les fenêtres de l'étage. À quelques marches au-dessus d'elle, deux femmes de chambre se pressaient vers les chambres à l'étage. Elsie se fit la remarque qu'il aurait été difficile de faire pire assortiment : Grace, la femme de chambre d'Alice et de Beatrice était petite, boulotte et blonde, quand Rose, la femme de chambre de sa mère Adélaïde, était à l'instar de sa maîtresse grande, sèche, brune et d'origine française. Les deux femmes disparurent dans des chambres différentes, laissant la voie libre à Elsie.

♦ ♦ ♦

L a tempête se déchaînait à l'extérieur, faisant trembler l'édifice. La force du vent tordait tout sur son passage et les chocs répétés contre les murs du manoir laissaient entrevoir l'étendue des dégâts auxquels les Worthington allaient être confrontés.

Dans le bâtiment, deux domestiques étaient assis devant la porte du bureau de feu le maître de maison. À la lumière vacillante d'une bougie, Grace reprisait un napperon. À côté d'elle, Simon, le valet d'Henry, cirait des souliers, d'un air morose. La mort de son maître le privait pour le moment de tout emploi de valet, William ayant refusé sans ambages ses services. Monsieur Miles avait beau lui répéter qu'il fallait laisser un peu de temps au nouveau chef de la famille pour recouvrer ses esprits, Simon n'était guère optimiste quant à son avenir dans le manoir.

Alors que tout semblait paisible, les habitants attendant avec quelque anxiété le prochain coup de tonnerre ou la prochaine bourrasque, Juliane, la très jolie femme de chambre de Constance, déboucha d'un couloir adjacent, suivie de près par Arthur.

— Oui, Monsieur. J'ai bien compris. Je ferai comme vous me l'avez demandé.

Sans un regard pour Grace et Simon, toujours assis devant leur porte, ils passèrent en trombe devant eux. Impassible, Grace ne leur accorda pas la moindre attention, estimant que son travail de précision avait plus d'intérêt que les amours ancillaires de Monsieur Arthur. Simon se contenta quant à lui de lever les yeux au ciel et reprit son ouvrage avec soin mais dépit.

◆ ◆ ◆

L e vent et la pluie envahissait le manoir de leur fracas. Tout n'était que craquements, hurlements et coups. Privés de la lumière du jour, les habitants du manoir se débattaient dans une quasi-obscurité où les bougies n'éclairaient jamais assez longtemps. Dans cette pénombre, la porte de la réserve s'ouvrit sans un grincement. Dans l'encadrement, la silhouette de Stuart avec sa canne s'imposa. Il entra avec précaution, posant son pied valide avec lenteur et circonspection. Une lumière s'infiltra à sa suite dans la pièce pleine d'étagères encombrées de victuailles fraîches ou en conserves, puis Elsie chargée d'un chandelier suivit son cousin dans la pièce sans fenêtre.

À la lueur de la chandelle, Stuart inspecta avec méthode chaque étagère et observa avec le plus grand soin le sol et les murs. Étonnée, Elsie n'entra pas davantage, suivant à la lettre les directives de cet étrange cousin. La jeune femme savait bien peu de choses sur cet homme. Ses parents ne lui en avaient jamais parlé. Seul Édouard, le matin même, avait abordé le sujet avec elle, lui précisant qu'il était bien malheureux qu'un officier de l'armée britannique soit issu d'une telle naissance. Quand Elsie s'était enquis de plus de détails, Édouard avait secoué la main d'un geste las. Il ne souhaitait pas dévoiler devant elle les sombres secrets de la famille. Depuis l'arrivée de Stuart, la veille au soir, elle avait pu obtenir quelques informations supplémentaires sur son cousin grâce à son beau-frère Albert. D'après lui, Stuart était le fils de Violette, la sœur de son père et de son oncle - sa tante en toute bonne logique - dont personne n'avait estimé nécessaire de lui parler. Toujours d'après Albert, Violette aurait été chassée de la maison à un âge encore tendre après qu'elle fût tombée enceinte. Comment Violette s'était-elle retrouvée aux Indes, nul ne le savait...

Loin des mystères de sa naissance et de sa vie, Stuart poursuivait ses investigations. Soudain, il s'empara d'un produit pour nettoyer les cuivres. Elsie se demanda en quoi ce genre de liquide pouvait être d'un quelconque intérêt mais elle tendit la bougie devant elle afin d'éclairer davantage la trouvaille de son cousin. Il leva les yeux au ciel et continua ses recherches, lisant au gré d'une logique échappant totalement à la jeune femme de multiples étiquettes sur les fioles les plus variées.

— N'importe qui aurait pu empoisonner Henry. Les poisons sont à la disposition de tous ici.

Elsie considéra avec plus d'intérêt la réserve. Les poisons étaient donc stockés avec la nourriture dans sa famille… Étrange tradition…

— Sans compter ceux qui se trouvent dans le cabanon du jardinier… ajouta-t-elle.

— Mort-aux-rats ?

Elsie hocha la tête.

— Oui. L'année dernière, Cathy a dû faire un scandale pour que le jardinier accepte de ranger la mort-aux-rats et les autres poisons en hauteur afin d'éviter que les enfants ne puissent en ingérer par accident.

— Je vois… grogna Stuart.

Elsie jeta un regard neuf sur les bouteilles et flacons entreposés à la disposition de tous. Même un enfant aurait pu s'emparer de l'un d'eux et verser le contenu dans une soupe ou tout autre plat servi à la famille. Il allait falloir isoler les produits dangereux… Soudain, un fait divers scandaleux revint en tête à la jeune femme. Dans la pénombre, Stuart s'aperçut du changement qui se produisait dans les réflexions d'Elsie.

— Un penny pour vos pensées.

Surprise, la jeune femme regarda son cousin avec attention. Selon toute vraisemblance, cet homme n'avait guère de difficulté à suivre ses raisonnements.

— Je songeais à une célèbre empoisonneuse française qui mettait de la mort-aux-rats dans la cuisine qu'elle préparait.

— La Jégado… Effectivement, l'arsenic se trouvant à profusion chez vous, vous auriez tous pu être empoisonnés. Cependant, nous n'avons pas affaire à ce genre de crimes. Mary et Henry étaient personnellement visés. Mary, parce qu'elle savait ou avait vu quelque chose, Henry parce qu'il était ce qu'il était.

— Le chef de famille ?

— Le chef de famille, l'homme d'affaires redouté, le père insatisfait, le frère autoritaire, le mari envahissant, celui qui tenait les cordons de la bourse… Que sais-je encore ?

Elsie eut une moue contrariée.

— Je vois que vous avez une vision peu aimable de notre famille…

Stuart sourit avec bienveillance.

— Ne le prenez pas mal, Elsie, j'énonçais simplement des possibilités. Si nous voulons arrêter ce ou ces tueurs, nous devons comprendre ce qui se cache derrière cette histoire.

Stuart jeta un dernier coup d'œil à la réserve. Il n'avait repéré aucune empreinte, aucune trace atypique, aucun signe suspect… Rien. Qu'il soit venu dans la réserve ou pas, le tueur n'avait pas laissé son empreinte derrière lui. Il faudrait trouver autre chose. *Cela ne pouvait pas être aussi facile, mon vieux Stuart*. Il sourit au souvenir du vieux Capitaine Dwight qui lui avait appris les ficelles du métier.

— Un penny pour vos pensées, dit Elsie avec un charmant sourire.

— Je pensais à l'homme qui m'a appris à enquêter. Il avait coutume de dire que les enquêteurs devaient être pourvus de trois qualités, les trois « P » comme il les appelait : Patience, persévérance, prudence.

— Je suis persévérante mais je ne suis ni patiente, ni prudente…

— C'est bien ce que j'avais compris, dit Stuart en souriant. Que penser d'une jeune femme qui suit un inconnu dans un lieu isolé sans se préoccuper le moins du monde de prévenir son entourage ?

Elsie se redressa de toute sa hauteur, piquée au vif.

— Tout d'abord, vous n'êtes pas un inconnu, vous êtes mon cousin. Ensuite, nous allons là où nos investigations nous mènent, lieu isolé ou pas. Enfin, vous imaginez bien que si j'avais dit à qui que ce fût que j'allais vous aider dans votre enquête, j'aurais été à l'instant même enfermée à double tour dans ma chambre !

Stuart rit sous cape. Il accueillait avec plaisir la confiance aveugle que lui témoignait sa cousine, quoique cette confiance fût donnée sans aucune méfiance. Il comprenait aussi le silence d'Elsie quant à ses intentions.

Aucun des membres de sa famille n'aurait toléré son initiative. La jeune femme devait donc agir en cachette pour ne pas se voir interdire tel ou tel comportement. Pourtant, il avait conscience qu'avec cette façon de faire et un tueur dans les parages, Elsie risquait de se mettre en danger. Il allait devoir veiller à la sécurité de sa cousine.

Stuart montra d'un coup de menton la sortie à Elsie qui disparut par la porte, emportant avec elle la seule source de lumière. L'ombre de Stuart s'imprima une nouvelle fois dans l'encadrement avant de disparaître.

Devancés par la chandelle, les deux cousins remontaient le couloir vers le grand hall et son escalier central, quittant peu à peu la partie du manoir réservée aux domestiques. Elsie, qui marchait toujours à grands pas, devait se restreindre pour rester à la hauteur de Stuart. Dehors, loin de s'être calmée, la tempête soufflait autant qu'elle le pouvait et fracassait tout sur son passage.

— Il est heureux que vous n'ayez pas peur de l'orage, Elsie. Je connais plus d'une dame qui serait effrayée.

Elsie haussa ses larges épaules.

— Ma mère ne l'aurait pas toléré. Quand j'étais enfant, elle me disait toujours qu'avec ma mâchoire taillée dans le roc et ma taille de garçon, je ne pouvais pas m'offrir le ridicule d'être une faible femme.

Stuart eut un mouvement de surprise. Adélaïde pouvait-elle se montrer si cruelle envers sa fille ? Certes, Elsie n'était pas une délicate créature comme sa sœur Cathy, mais elle n'était pas vilaine. Au contraire, sa taille haute et son regard vif en faisaient une femme séduisante.

— Je voudrais savoir une chose, Stuart : pourquoi me faîtes-vous confiance ? Je pourrais tout aussi bien être le tueur.

Stuart s'arrêta quelques instants de marcher et observa sa cousine. Elsie avait aussi le dos large et droit.

— Effectivement. Vous avez certainement la force d'étrangler une vieille dame mais, de là à tirer son corps jusque dans le parc, j'ai des doutes.

— Et avec une brouette ?

Stuart ne put s'empêcher de sourire. L'image d'Elsie chargeant le corps d'une vieille femme qu'elle venait d'étrangler dans une brouette pour aller cacher son corps était pour le moins insolite.

— C'est vrai mais il n'y avait pas de traces de brouette ou il n'y en avait plus. En outre, vous résidez à Londres avec votre frère, ce qui vous éloigne du lieu du crime. Et avant que vous ne me le demandiez, j'ai vérifié que vous viviez à Londres.

Elsie sembla agacée, ce qui accentua l'amusement de son cousin.

— Vous semblez contrariée de ne pas pouvoir être l'assassin.

— Ce n'est pas cela ! Je veux juste que nous envisagions le fait que l'assassin peut être une femme.

Le visage de Stuart perdit toute sa douceur. Il reprit son avancée dans le couloir, accompagné du son de sa canne heurtant le sol. Malgré son handicap, il émanait de lui un étrange mélange de détermination et de violence contenue. Elsie songea qu'il ne devait pas faire bon être l'ennemi de cet homme.

— Soyez rassurée sur ce point, je ne sous-estime jamais les femmes. Surtout quand il y a du poison…

Elsie était comblée. Elle rencontrait enfin quelqu'un qui ne rabaissait pas les capacités meurtrières des femmes. Elle s'élança dans le couloir pour rattraper Stuart qui l'avait distancée. Dans la pénombre du couloir, la flamme de sa bougie vacillait à côté d'elle.

— Et moi, Elsie, pourquoi ne puis-je pas être l'assassin ?

La jeune femme sembla gênée par la question. Stuart l'observa, curieux d'apprendre ce qui pouvait embarrasser une telle créature.

— Veuillez m'excuser, Stuart, mais je crois que vous avez encore moins la force que moi de traîner le corps de Mary dans les fourrés… À moins que vous ne jouiez la comédie.

Stuart fut très intéressé par cette réponse. Ainsi, Elsie avait assez de tact pour se préoccuper de la peine ou de l'inconfort que sa réponse pourrait causer à son cousin mais elle n'était pas si naïve qu'il l'avait imaginé.

— Si vous n'êtes pas trop sensible, je peux vous montrer les cicatrices recouvrant le bas de ma jambe, cela vous donnera une idée du reste.

Elsie trouva cette proposition étrange mais il fallait qu'elle vérifiât la véracité des informations fournies par son nouvel associé.

— D'accord. Il faut que je m'assure de votre honnêteté.

— Je serai déçu qu'il en soit autrement.

Arrivés devant la porte du salon, Stuart fit une pause, s'appuyant davantage sur sa canne afin de soulager sa jambe invalide.

— Êtes-vous prête, Elsie ? Attention, ce n'est pas beau à voir…

Elsie acquiesça avec bravoure d'un hochement de tête. Éclairé par la flamme mouvante de la bougie finissante, Stuart releva le bas de la jambe de son pantalon et découvrit un magma de cicatrices boursouflées, violacées et noueuses. Il laissa retomber son pantalon devant une Elsie, qui déglutissait avec difficulté.

— Pas trop choquée ?

— Non. Attristée. J'espère seulement que ce n'est pas aussi douloureux que cela semble l'être.

Stuart sourit pauvrement et détourna les yeux. Il n'avait pas pour habitude de s'apitoyer sur son sort. Il avait la chance d'être debout, d'être en vie. Nombre des hommes avec lesquels il avait eu l'honneur de servir ne pouvaient plus en dire autant. Pour couper court à toute autre question, il entra dans le salon, aussitôt suivi par une Elsie un peu pâle.

◆ ◆ ◆

L e salon si joyeux la veille au soir avait laissé place à une pièce morne, triste, éclairée par quelques lampes à pétrole alors que le vent faisait sentir sa lourde présence sur les fenêtres. Assis dans les fauteuils et canapés en chintz bleu, Robert et Adélaïde discutaient avec Arthur et Beatrice, dont la mine sombre était pour une fois accordée à l'ambiance. Un peu à l'écart, William tentait de calmer ses nerfs dans la boisson. Ses mains tremblaient tant que le whisky valsait dans son verre au risque de se renverser à chaque seconde. Un peu plus loin, Alice observait d'un air sinistre son époux boire sans discontinuer, un verre chassant l'autre dans ses mains malhabiles. À côté d'elle, loin de s'émouvoir de la situation de son cousin par alliance, Victoria tentait en vain d'entretenir une conversation mondaine avec Alice, puis se tourna en désespoir de cause vers son époux, Édouard, qui ne lui prêtait pas la moindre attention. Ce dernier, qui ne souhaitait pas prendre part aux diverses conversations, faisait semblant de lire un livre, dont il tournait les pages à intervalle régulier, pour donner le change.

À la vue de Stuart et d'Elsie, les discussions se suspendirent à peine le temps d'un souffle et reprirent comme si de rien n'était. Seul Robert rompit les rangs et se leva pour accueillir les nouveaux venus. Il fut un peu étonné de voir sa fille entrer en même temps que son cousin mais ne fit aucune remarque. Après tout, Elsie avait pu rencontrer Stuart dans le couloir. À l'inverse, Adélaïde fusilla du regard sa fille, notant dans son esprit acéré de demander quelques explications à sa benjamine.

— Mon cher Stuart, commença Robert, j'ai bien lu la lettre que vous a envoyée mon frère mais je dois vous avouer que je n'ai guère été éclairé par son contenu. Je ne comprends pas pourquoi vous seriez apte à mener une enquête dans l'attente que la police puisse venir sur place.

Stuart s'appuya davantage sur sa canne, espérant qu'il n'allait pas devoir demeurer debout un trop long moment.

— Votre questionnement est bien légitime, mon oncle.

J'ai servi notre Majesté la reine au sein du 8ème régiment de cavalerie du Bengale. Mon service d'officier de combat s'est achevé en 1880 à la fin de la deuxième guerre d'Afghanistan, lorsque mon cheval a été tué et que sa dépouille m'a broyé la jambe…

Victoria sursauta, poussant un cri de souris effrayée. Elle ouvrit en toute hâte son éventail et s'éventa avec énergie. Elsie ne put refreiner son énervement et foudroya du regard sa pauvre belle-sœur, qui ne s'aperçut de rien, occupée qu'elle était à tendre l'oreille. Elle avait toujours adoré et détesté les histoires terribles.

Pressé d'en finir, Stuart continuait :

— Lorsque j'ai été à peu près remis, j'ai été affecté pendant plus de 8 ans à un groupe d'officiers servant d'enquêteurs au sein même de l'armée. C'est de cette expérience que me viennent les compétences recherchées par Henry.

Adélaïde se leva et s'approcha des deux hommes. Elle ne comprenait pas pourquoi Robert n'avait pas pris le temps de faire s'asseoir son neveu.

— Pourquoi avez-vous quitté l'armée ? demanda-t-elle.

— Ma jambe invalide a malheureusement été piquée par une araignée il y a quelques mois et je n'ai pas senti le mal qui me rongeait. Le temps perdu a créé une infection importante que les médecins ne parvenaient pas à endiguer aux Indes. La décision a été prise de me renvoyer en Angleterre pour que je puisse bénéficier d'un climat différent et de meilleurs soins.

Un silence de plomb tomba. Sans même y penser, tous les regards de la pièce s'arrêtèrent sur la jambe invalide de Stuart. Robert recouvra ses esprits plus vite que les autres.

— Mon cher neveu, voilà bien un récit édifiant. Bien évidemment, je suis à votre disposition, si vous avez besoin d'un appui pour rencontrer un spécialiste qui pourrait soigner votre jambe ou, du moins, atténuer les blessures que vous avez subies.

Stuart fut surpris de cette proposition spontanée de

soutien. Il n'avait pas imaginé que l'un des membres de cette famille si indifférente d'ordinaire pourrait faire preuve d'empathie.

— Merci, mon oncle, mais, pour le moment, les soins qui me sont prodigués me satisfont.

Robert hocha la tête à plusieurs reprises, embarrassé. Il avait été si négligent avec sa sœur et ses neveux. Le temps et la distance n'étaient pourtant pas des excuses pour le manque d'intérêt qu'il avait porté à ces gens si proches de lui. En fait, il avait accepté une situation inacceptable sans se poser de questions, simplement parce qu'il en était ainsi. Tel qu'il le connaissait, Henry avait dû suivre le même raisonnement. Il devait à son frère de respecter ses volontés et à son neveu d'estimer ses compétences.

— Je pense que Stuart a clairement répondu. Pour ma part, je place toute ma confiance en lui et l'encourage à poursuivre ses investigations le temps que la police arrive.

Soudain, un choc fit sursauter toute l'assemblée. William, saoul et véhément, s'était levé, renversant derrière lui le fauteuil et le flacon de whisky dans lequel il avait pioché d'abondance. Lorsqu'il passa d'un pas hésitant à côté de son épouse, Alice tenta de le retenir, le saisissant par la main. D'un geste brusque, il se libéra de la seule personne qui pouvait encore juguler sa colère et sa violence. Il tituba vers Robert et Stuart, n'hésitant pas à bousculer Adélaïde sur son chemin. L'oncle comprit à ce geste manquant à la plus élémentaire courtoisie que William n'était plus lui-même.

— Mais bien évi…demment, gronda William, nous allons croire sur… parole notre… bien-aimé cousin ici pré…sent. Il arrive de nulle… part, nous n'avons que… sa bonne… mine… pour le croire et nous allons… boire les… paroles de saint Stuart.

William fit mine de saisir Stuart au col mais Robert s'interposa, repoussant les mains menaçantes de son neveu.

— William, je pense que vous devriez vous rasseoir et surtout vous taire !

Le regard embrumé de William se posa sur Robert.

— Mon oncle, je pense que… vous devriez cesser… de vous… prendre… pour le chef de famille… Je suis… l'héritier… de la fortune de père et… je vous chas…serai tous !

Arthur se redressa sur son siège. Il avait été si saisi par le comportement de son frère aîné qu'aucune réaction n'était parvenue à surgir. Toutefois, la stupéfaction première laissait peu à peu place à la colère. À côté de lui, Beatrice le fusilla du regard. Il fallait que son imbécile de mari se taise. William avait raison, il était désormais le chef de famille et si telle était sa volonté, il pouvait tous les chasser du manoir. Arthur ne fut pourtant pas plus impressionné que d'habitude par la réaction de son épouse.

— William, tu devrais te calmer et te rasseoir. Père faisait confiance à Stuart et je crois que nous devrions en faire autant.

William ne prêta aucune attention à son frère.

— Et bien en tant que… nouveau… chef de… famille, je vais jeter… cet estropié… dehors et nous n'en… parlerons plus.

Chapitre 4

I vre de colère et de vengeance, William se précipita sur Stuart, sans se préoccuper le moins du monde de la blessure de son cousin. Il détestait cet homme surgi de nulle part, appelé par son père pour le priver d'une partie de son héritage. Son orgueil ne pouvait tolérer cette situation. Lui qui avait toujours tout fait pour satisfaire son père n'était jamais parvenu à lui plaire et cet inconnu, ce soit-disant héros de guerre, avait l'outrecuidance de croire qu'il allait pouvoir faire la loi sous son toit ? Il allait lui montrer qu'il ne le craignait pas. À coups de poings et de pieds, il sortirait cet impotent de chez lui.

Stuart se redressa, s'appuya de tout son poids sur sa jambe valide et reçut William, avant qu'il ne le bousculât, par un violent coup de canne sur le crâne. Un hurlement de douleur retentit. William saisit sa tête entre ses mains mais ne s'avoua pas vaincu pour autant. Dans un râle, il se jeta sur Stuart pour le renverser. Préparé à cette éventualité, ce dernier fit un pas de côté et frappa de toutes ses forces son agresseur d'un violent revers de sa canne au bras. William hurla de douleur et s'effondra, serrant son bras contre lui. Stuart reprit de justesse son équilibre grâce à sa canne, pendant qu'Édouard, malgré son apparente bonhomie, s'interposait entre les deux hommes.

— As-tu perdu la raison ? cria-t-il à William se tordant de douleur au sol.

Robert s'approcha à grands pas de Stuart et le saisit par

le bras pour s'assurer qu'il n'allait pas chuter.

— Je suis au comble de la confusion, mon neveu…

— Estropié ! Sale… estropié ! Tu m'as… cassé le bras, hurla William. Je vais… te faire jeter… dehors !!! Tu partiras… en prison !!!

— Il faudra choisir, cousin, grinça Stuart. Soit vous me faites jeter dehors, soit vous me faites jeter en prison.

Arthur, se remettant du choc, se leva et rejoignit Édouard entre William et Stuart.

— Mais vas-tu te taire, imbécile ! Tu nous ridiculises ! Toi, un chef de famille ! Père aurait honte de toi !

William, geignant, s'accrocha à Édouard pour se relever et regarda Stuart avec une haine infinie. Alice, qui n'avait pas osé s'approcher de son époux jusqu'alors, le saisit par le bras avec fermeté pour éviter qu'il ne se dégageât de nouveau. Après un temps d'hésitation, Beatrice rejoignit Alice pour l'aider à soutenir William, sous le regard écœuré d'Arthur. Stuart observait avec curiosité cette scène, tentant de percer sous les masques de l'éducation et de la bienséance, un éclair de vérité. Il devait savoir si William s'avouait vaincu ou non.

— Ce n'est pas parce que j'ai été blessé que je suis une proie facile, gronda-t-il. La prochaine fois, je vous offrirai une leçon d'escrime. Cela vous donnera un aperçu de l'homme que j'étais et que vous ne serez jamais.

Soudain, le soufflet retomba. Dans les limbes de son cerveau embrouillé par l'alcool, un sentiment de peur surgit. William n'avait jamais brillé par son courage physique et seul le whisky lui avait fait croire pendant un instant qu'il pourrait se rendre maître de son cousin. Il jeta un regard plein d'amertume à Stuart et se laissa conduire vers la sortie par Alice et Beatrice. Adélaïde retourna s'asseoir, son visage rougit par l'indignation. Robert lâcha le bras de Stuart, désormais assuré que son neveu ne tomberait pas. Voyant la place se libérer, Elsie se précipita sur Stuart.

— Il ne vous a pas blessé ? s'inquiéta-t-elle.

Stuart observa sa cousine avec étonnement.

— Non, c'est moi qui l'ai blessé.

Épuisé d'être resté si longtemps debout et statique, Stuart se dirigea vers un fauteuil non loin de Robert et d'Adélaïde. Son oncle, qui tenait entre ses mains celle de sa femme, se tourna vers lui.

— Je suis tellement désolé, Stuart. Ce sombre crétin n'est déjà pas brillant lorsqu'il est à jeun mais lorsqu'il boit, nous atteignons des sommets !

Le regard de Robert se perdit dans le vide et il ajouta plus pour lui-même que pour les autres :

— Je me demande bien ce que cette famille va devenir.

Pendant que Stuart parvenait tant bien que mal à plier sa jambe pour s'asseoir, Édouard, encore sous le choc, surveillait la porte d'un œil sombre. Il avait été surpris par cette attaque saugrenue de son cousin mais ne permettrait pas que William s'en reprenne à Stuart. Attaquer un homme blessé ! Quel manque de savoir-vivre ! Qu'allait penser sa douce Victoria de sa famille ? Son regard se glissa vers son épouse qu'il trouva, comme il s'y attendait, au comble de l'indignation.

— C'est une honte !!! N'a-t-on jamais vu pareille situation !

Enfin assis, une expression de soulagement traversa le visage de Stuart. Elsie lui apporta une tasse de thé et deux biscuits, ce remède pouvant, selon elle, venir à bout de nombre de désagréments.

Afin de prévenir tout nouvel incident, Arthur s'était appuyé contre le buffet à côté de la porte d'entrée pour barrer le passage à un éventuel retour de son frère. Rassuré sur ce point, Édouard se décida à rejoindre son épouse.

— Je suis d'accord avec vous, ma chère ! Inconcevable ! Moi qui craignais pour la réputation de notre famille, voilà pour moi !

Stuart se contenta de sourire et de boire une gorgée de son thé. Ce séjour dans sa charmante famille promettait d'être animé. La violence n'avait pas mis longtemps à s'inviter à la fête... Toutefois, Stuart était persuadé d'une chose : plus il allait fouiller dans les sombres secrets de sa famille, plus les haines allaient se déchaîner. Lui qui n'avait jamais recherché la reconnaissance de ces gens indifférents au sort de sa mère se retrouvait plongé dans un magma de jalousies, de colères et de frustrations vieilles de plusieurs décennies. Il allait avoir du mal à dénouer les fils de cette toile.

De son côté, Arthur qui restait devant l'entrée, observait avec attention Stuart. L'homme était différent de ce qu'il avait supposé. Capable de se défendre, l'ancien officier avait servi dans la police de l'armée... Ce point ne ravissait pas Arthur. Il se demandait combien de temps ses petits secrets resteraient saufs. Il n'était jamais agréable à un gentleman de voir exposées ses accointances ancillaires...

◆ ◆ ◆

L e trouble causé par la bagarre entre cousins s'apaisant peu à peu, Stuart estima qu'il était temps de débuter les grandes manœuvres. Il se leva et entreprit de pousser son fauteuil vers un point central qui lui offrirait une vue claire et dégagée sur l'ensemble des membres de la famille. Comprenant ce que son cousin tentait de faire, Elsie se leva à son tour, empoigna le fauteuil et le plaça à la perfection. Stuart fut un peu froissé qu'une jeune femme - certes bien bâtie mais une femme quand même - soit plus prompte que lui à bouger ce meuble. Toutefois, il n'en montra rien et la remercia avec amabilité.

— Vous êtes une femme pleine de ressources, cousine.

Elsie ignora le regard courroucé de sa mère et gratifia Stuart d'un grand sourire franc.

— Et maintenant, ma sœur qui se conduit comme un homme... se lamenta Édouard.

Victoria lui tapota sur la main en signe de solidarité. Ce séjour au sein de sa belle-famille promettait d'être éprouvant.

Elsie toisa Édouard de toute sa hauteur.

— Contrairement à ce que tu imagines, mon cher frère, les femmes ne sont pas de petits bibelots précieux.

Habituée à ce genre de piques, Elsie n'accorda pas plus d'attention à son frère et retourna à sa place, curieuse de voir ce qu'allait faire Stuart. Le silence imposa sa loi dans le salon.

— Afin de débuter mes investigations sur des bases solides, je souhaiterais vous poser quelques questions, commença Stuart. Tout d'abord, l'un d'entre vous peut-il trouver une explication plausible à la mort de Mary ?

La plupart des membres de la famille ouvrirent les yeux un peu plus grand qu'à l'accoutumée. N'y avait-il pas plus important que la mort de la vieille domestique ? Ils s'entre-regardèrent, ne sachant pas quoi répondre. Adélaïde prit une profonde inspiration. Selon toute vraisemblance, les réponses allaient reposer pour une large part sur ses épaules et celles de son mari.

— Je n'en vois aucune, commença-t-elle. Mary était une domestique âgée, qui a travaillé pour les Worthington toute sa vie durant, sans jamais causer le moindre problème. C'était une femme sérieuse et tranquille. Dernièrement, la malheureuse commençait à souffrir de démence sénile et Henry songeait à l'envoyer dans une institution. Il faut que vous sachiez, Monsieur Spencer, que Mary avait été sa nourrice. Henry était très attaché à elle et c'était un crève-cœur pour lui que d'envisager de s'en séparer.

Stuart nota le « Monsieur Spencer » et se dit que Robert était bien plus chaleureux que son épouse. Toutefois, Adélaïde était une femme d'une grande éducation et il se pouvait que ce qualificatif ne soit que le reflet d'une marque de respect. Le temps lui dirait quoi en penser.

— Quelle forme prenait sa démence ? demanda-t-il. Était-elle dangereuse ?

Adélaïde fut surprise et ne put réprimer un sursaut. Peut-être avait-elle mal présenté sa pensée.

— En aucune façon ! Mary se perdait dans le temps et

semblait vivre dans une époque antérieure. Elle voyait Henry comme un petit garçon ou, parfois, elle le confondait avec son père, Conrad. Je me souviens d'une fois, en particulier, où Mary soutenait qu'Henry était son fils. Quand il lui a expliqué que tel n'était pas le cas, elle a sombré dans l'une des pires crises que je l'ai vue subir.

Robert acquiesça d'un air grave. Personne ne semblait vouloir prendre la parole pour compléter ce que venait de dire Adélaïde. Stuart poursuivit :

— Merci, Madame. Je souhaiterais maintenant aborder la question de la mort d'Henry. Pour quelles raisons aurait-on voulu l'assassiner ?

— Est-on sûr qu'il a été assassiné ? intervint Édouard.

— La mort d'Henry me fait penser à l'une de mes enquêtes, c'est pourquoi dans l'attente de l'arrivée de la police, je préfère sauvegarder les lieux et commencer les investigations. Donc, y a-t-il des raisons familiales ou des raisons économiques pour lesquelles quelqu'un aurait pu tuer Henry ?

La gêne était palpable. Stuart comprit qu'en cet instant, ce n'était pas une mais de multiples raisons qui se bousculaient dans les esprits de Robert, d'Adélaïde, d'Arthur, d'Édouard, de Victoria et peut-être même d'Elsie.

— Bien, parlons franc, trancha Robert. Henry était un chef de famille, qui aimait à faire peser son autorité sur ses enfants, ses neveux et son frère grâce à l'argent qu'il nous distribuait.

Adélaïde prit un air pincé. Elle n'aimait guère que ce sujet fût abordé devant un homme qui demeurait un étranger. Édouard et Victoria semblaient tous deux contrariés, alors qu'Arthur se contentait de ricaner. Les réactions de sa famille n'émurent pas Robert qui continua ses explications :

— Concernant les raisons familiales, la soudaine annonce que l'héritage allait être partagé en plus de parts que prévu me paraît une explication sérieuse. Concernant les raisons économiques, Henry était un homme d'affaires redouté. Est-ce que l'un de ses concurrents l'a éliminé ? Je ne saurais le dire. La seule chose que je peux vous préciser sur nos affaires est que j'avais une vision différente de celle de mon frère. Henry pensait que la Grande Dépression devait nous pousser à acquérir nos concurrents et à diversifier nos activités ; pour ma part, je pense que notre économie est encore la plus solide au monde et que nous pouvons continuer à gérer nos aciéries comme par le passé.

Stuart se tourna vers Arthur.

— Arthur, étiez-vous d'accord avec votre père ou avec votre oncle sur cette question ? Et quelle est la position de votre frère aîné ?

Arthur leva les yeux au ciel. Comment Stuart pouvait-il s'imaginer qu'il avait un quelconque avis en matière économique ? Son cousin ne devait pas être un fin limier finalement…

— Pour ma part, je n'ai aucune opinion économique. En revanche, William pense comme mon oncle. Pour lui, le contexte économique n'est pas favorable aux acquisitions et il souhaite garder l'entreprise telle qu'elle est.

— Voyez-vous une autre raison qui pourrait expliquer le meurtre de votre père ?

Arthur eut un mouvement d'impuissance et de dépit.

— Je crois que vous avez déjà assez de raisons pour justifier une bonne dizaine de meurtres…

Stuart détailla avec soin Arthur. Même pour faire un trait d'esprit, l'enquêteur détestait que les crimes ne fussent pas considérés avec la gravité due à ce genre de déviance.

Conscient de son manque de tact, Arthur essaya un pauvre sourire et un haussement d'épaules. Qu'y pouvait-il après tout ? Il n'était que le dandy de la famille.

— Bien. Merci de votre coopération.

Arthur se redressa et sortit aussitôt, content de pouvoir regagner des lieux plus paisibles. Édouard et Victoria prirent congé, en renouvelant une nouvelle fois leurs excuses les plus sincères à Stuart. Elsie hésita quelques instants mais, devant le regard de sa mère, sortit en pinçant les lèvres. Seuls restaient Stuart, Robert et Adélaïde.

Une fois que la porte se fut refermée, Stuart considéra le couple en face de lui. *Étrange duo mais union solide.* Les deux époux étaient fort différents mais liés par un même sens du devoir et de la famille.

— Vouliez-vous me dire quelque chose ?

Robert rechercha l'accord d'Adélaïde, qui le lui donna d'un léger clignement des yeux.

— Oui. Au sujet des concurrents, il faut que vous sachiez qu'Henry était en train de racheter l'entreprise de la famille d'Alice.

Stuart haussa un sourcil d'un air intéressé mais se garda d'interrompre Robert.

— Cela vous explique pourquoi William s'opposait si frontalement à son père dans ce domaine.

— Pensez-vous qu'Alice serait capable d'empoisonner un homme pour sauver l'entreprise familiale ?

La question saisit Robert et Adélaïde. Ils comprenaient qu'elle n'était que le prolongement logique de l'information qu'ils venaient de donner mais l'entendre formuler de façon si abrupte les choquait. Après tout, ils connaissaient Alice depuis plusieurs années et n'avaient jamais eu à se plaindre d'elle.

— Je répondrai plutôt non, osa Robert, mais sait-on jamais ?

Conscient du trouble de ses interlocuteurs, Stuart n'entendait pourtant pas délaisser une piste intéressante.

— Et William serait-il capable d'empoisonner son père pour sauver la famille de sa femme ?

Cette fois-ci, Robert abandonna la partie. Adélaïde prit alors le relais.

— William est fou amoureux de sa femme et, ce, malgré le fait qu'elle se soit montrée incapable à ce jour de lui donner un héritier. Toutefois, je comprends son attachement à Alice. Si William arrive à parler de façon à peu près intelligible aujourd'hui, c'est grâce à la patience de son épouse. Quand ils se sont mariés, c'est à peine s'il a réussi à articuler un « oui » audible.

Robert acquiesça d'un mouvement bref. Stuart attendit un instant, espérant que le couple aurait quelques autres éléments à lui confier mais il n'en fut rien. Il se leva, empoigna sa canne et se retira. La tempête commençait à se calmer au dehors.

◆ ◆ ◆

E ncore dans ses pensées, Stuart évita de justesse Elsie qui se tenait juste derrière la porte du salon. Surprise dans quelque œuvre peu louable, la jeune femme luttait pour reprendre contenance.

— Vous écoutez aux portes, cousine ?

Elsie eut un léger hoquet de contrariété. Comment osait-il la soupçonner d'un tel méfait ? D'un tel manquement aux bonnes manières les plus élémentaires ? C'était inadmissible… Vrai mais inadmissible ! Elsie se redressa comme une princesse offensée mais sa manœuvre n'eut pas l'heur d'impressionner Stuart, dont la bouche se tordit en un sourire carnassier.

— Vous écoutez vraiment aux portes… Bien, alors que vous inspirent ces informations ?

Le dilemme fut délicat. Soit Elsie répondait et avouait donc son inconduite, soit elle feignait l'ignorance et se voyait privée d'une conversation passionnante. La curiosité l'emporta.

— Pour le moment, nous ne sommes pas beaucoup plus avancés mais je crois que si nous pouvions obtenir plus de renseignements sur Alice, cela pourrait faire avancer notre enquête.

Stuart sourit de toutes ses dents. Il aimait bien cette cousine intrépide.

— Des suggestions ?

— Oui. Ma sœur et mon beau-frère.

— Fort bien. Nous allons donc leur rendre visite de ce

pas.

Stuart se dirigea vers l'escalier avec une boiterie plus prononcée qu'auparavant. Elsie se demanda si sa jambe se fatiguait ou, pire, le faisait davantage souffrir au fur et à mesure que les heures passaient dans la journée. Fermement agrippé à la rampe de l'escalier, Stuart se hissait avec difficulté de marche en marche, soulageant autant qu'il le pouvait sa jambe blessée. La difficulté à laquelle il se heurtait depuis quelques jours était la douleur lancinante apparue dans sa jambe valide à force de compenser la faiblesse de l'autre. Stuart était conscient qu'il allait devoir prendre du repos d'ici peu, sous peine de devoir rester alité plusieurs jours comme cela avait déjà été le cas auparavant. Il était presque parvenu au premier étage quand Elsie le doubla comme une flèche, relevant scandaleusement ses jupes et jupons pour monter plus vite. Stuart songea avec sérieux que si Adélaïde avait été le témoin de cette scène, elle en aurait probablement conçu une jaunisse.

Dans le boudoir vert que Cathy et Albert occupaient à titre privatif lors de leurs visites, Peter, le valet de Robert, un jeune homme long et blond, tentait d'enlever le panneau de bois obstruant la fenêtre pendant l'accalmie. La tempête s'était un peu calmée et Cathy avait décrété qu'elle ne subirait pas la semi-obscurité régnant dans le manoir une minute de plus que nécessaire. Peter luttait donc au côté d'Albert pour décrocher le lourd panneau, sans l'échapper de préférence. Pendant ce temps, assise sur un épais tapis, Cathy jouait avec sa fille de deux ans, la petite Adélaïde, alors que son aînée, Sophie, choyait sa poupée préférée non loin de là. Le boudoir portait bien son nom, tout dans la pièce de la tapisserie, en passant par les tapis ou les fauteuils tendus de chintz, était d'une nuance vert amande. Quand Cathy entendit toquer à la porte, elle n'eut pas le temps de répondre que sa sœur apparut. Stuart jeta un coup d'œil à l'intérieur et attendit que Cathy lui fît signe d'entrer avant de suivre Elsie dans la pièce.

Peter et Albert parvinrent à décrocher le panneau et le posèrent avec précaution devant la fenêtre. Il était hors de question de déplacer cette antiquité lourde et encombrante sur plus d'un mètre. Par précaution, ils placèrent deux chaises pour maintenir le panneau en place et Peter s'excusa avant de disparaître.

À peine le domestique eut-il passé le pas de la porte que Cathy se releva d'un bond et invita d'un geste de la main Stuart à s'asseoir dans un large fauteuil club en cuir.

— Comment allez-vous ? demanda-t-elle. Victoria et Édouard sont passés nous raconter votre altercation avec William… Ils étaient proprement outrés… mais, pour une fois, je peux les comprendre. Je ne supportais déjà pas bien le caractère ombrageux de William mais, maintenant, il passe les bornes. Notre grand-mère, Charlotte, ne l'aimait pas non plus quand nous étions enfants… ni Arthur d'ailleurs.

Stuart, qui avait enfin l'occasion de reposer ses deux jambes et son dos, n'en laissait pas moins son esprit en éveil.

— Qu'est-ce qui vous fait dire cela ?

Cathy regarda avec attention son nouveau cousin et lui adressa le plus joli sourire qu'il ait vu depuis longtemps. Elle s'assit sur le canapé presqu'en face de Stuart, Albert s'asseyant à côté de sa précieuse épouse. La jalousie du mari était presque palpable et Stuart se garda bien de réagir d'une quelconque manière, connaissant trop le goût des maris jaloux pour les coups de revolver intempestifs. Loin de ces réflexions masculines, Elsie plaça sa chaise à côté du fauteuil de Stuart. La petite assemblée ainsi installée, Cathy se redressa et poursuivit la conversation :

— Très bien cousin. Nous allons parler franc, comme dit mon père. Je vais vous raconter les secrets infâmes de la famille Worthington… du moins ceux que je connais.

Albert laissa échapper une plainte.

— Et bien, nous devrons renoncer au déjeuner… voire au dîner…

Cathy lança un regard noir à son mari, qui lui opposa un sourire taquin.

— Commençons par le commencement, reprit Cathy. D'aussi loin que je me souvienne, grand-mère Charlotte détestait son mari, grand-père Conrad. Elle détestait aussi oncle Henry, son fils aîné, et toute sa descendance. Le plus étrange est qu'elle appréciait mon père et votre mère, Violette. Je n'ai pas connu votre mère mais je sais que grand-mère parlait parfois d'elle en regrettant son sort. En fait, elle m'avait précisé un jour que c'était à sa demande que sa sœur Doris était partie aux Indes avec votre mère.

Stuart fut surpris. Dans cette famille où les non-dits l'emportaient largement sur les dits, Cathy connaissait donc l'histoire de Doris. Il avait côtoyé sa grand-tante durant toute sa vie. Elle était d'ailleurs le seul témoin de la réalité des récits extravagants que lui avait faits sa mère de sa vie en Angleterre. Sans Doris, Stuart se serait inquiété pour la santé mentale de sa mère. Son attention fut à nouveau accaparée par Cathy qui n'entendait pas se contenter de cette seule information.

— Autre élément : alors que notre grand-mère était sur son lit de mort, je suis allée la voir et elle m'a caressé le visage en me disant : « Toi, au moins, tu n'es pas une bâtarde ».

Elsie sursauta sur sa chaise.

— Tu ne me l'as jamais dit ! réprimanda-t-elle son aînée.

Cathy haussa les épaules.

— Parce que je ne sais pas s'il s'agit du dernier délire d'une femme acariâtre ou si c'est vrai. Si notre grand-mère disait vrai, il y a au moins un enfant illégitime dans la famille.

— Oui, moi.

Cathy blêmit. Ce n'était pas du tout ce qu'elle avait en tête lorsqu'elle avait voulu évoquer ce détail avec Stuart.

— Ce n'est pas ce que je voulais dire… Je pensais à ceux que je côtoie habituellement.

Cathy se tordait les mains, au désespoir. Comment

avait-elle pu faire preuve d'un tel manque de tact ? Il était si évident que son cousin Stuart était un homme honorable qu'elle avait tout simplement oublié ses prétendues origines honteuses.

— Ne vous inquiétez pas, la rassura Stuart. Je ne me suis jamais considéré comme un enfant illégitime. J'ai été adopté par l'époux de ma mère, Léopold Spencer, et nous formons une famille soudée avec mon frère James et ma grand-tante Doris. Pour en revenir à nos difficultés présentes, à qui pensez-vous que Charlotte faisait référence ?

Cathy sembla soulagée mais elle se promit de tourner sept fois sa langue dans sa bouche avant de parler… ce qui était une nouveauté pour elle.

— À Arthur, dit-elle dans un souffle. Quand je suis allée embrasser grand-mère pour la dernière fois, Arthur venait juste de me précéder. Toutefois, ce n'est qu'un soupçon… une idée…

Stuart acquiesça, pensif. Il n'allait pas être simple de dénouer les fils de cette histoire…

— Je comprends. Pour en revenir à Alice, je sais qu'Henry voulait acquérir la société de sa famille. Pensez-vous que ce projet ait pu lui coûter la vie ?

Cathy roula des yeux, regardant Albert et Elsie à la recherche d'une quelconque aide. Que savait-elle au juste des affaires de la famille ? Nul n'avait jamais songé à lui en parler. Conscient de la difficulté qui préoccupait son épouse, Albert posa une main protectrice sur elle et proposa :

— Si vous le permettez, ma chère, je vais répondre.

Cathy acquiesça avec soulagement.

— Peut-être êtes-vous informé des divergences existant entre Henry et les autres membres de la famille ? demanda Albert. Pour ma part, je rejoindrai plutôt l'opinion d'Henry. Il faut adapter l'entreprise aux changements économiques.

Cathy qui venait de se taire trente secondes, ne put se contenir davantage.

— Malheureusement, Albert n'a jamais voix au chapitre concernant les affaires Worthington.

Albert eut un signe de dépit… ou de désintérêt. Stuart n'était pas certain de ce qu'il venait d'apercevoir.

— Pourquoi ? demanda-t-il.

— Parce que je viens d'une famille d'épiciers qui, certes, a fait fortune mais n'en demeure pas moins une famille d'épiciers. Henry ne concevait l'économie qu'à travers l'industrie. Aussi, peu importait que ma vision des affaires se rapprochât de la sienne, il ne m'a jamais accordé le moindre crédit… ni à ses fils d'ailleurs… Pour en revenir à Alice, compte tenu des liens unissant les deux familles, son père avait négocié un bon prix. Aussi, suis-je amené à penser qu'Alice n'avait guère de raisons d'assassiner Henry.

Stuart opina de la tête. À sa connaissance, offrir un bon prix d'achat à son concurrent n'empêchait pas ce dernier de vous envoyer *ad patres* si son orgueil ou sa jalousie le réclamaient.

— Est-ce que d'autres concurrents pourraient l'avoir fait ? intervint Elsie.

— Pas à ma connaissance, réfléchit Albert. Le prix fort généreux offert à la famille d'Alice avait fait des envieux. Henry avait reçu plusieurs offres de concurrents cherchant à vendre leur activité.

— Si tel est le cas, il ne nous reste que l'option familiale… raisonna Elsie. Ou des concurrents malheureux que leurs entreprises n'aient pas bénéficié des mêmes avantages que celle de la famille d'Alice… C'est terriblement contrariant ! À chaque fois que j'imagine restreindre la liste des suspects, d'autres tueurs potentiels surgissent du néant ! Pourtant, je ne sais pas pourquoi mais j'ai le sentiment que le tueur est parmi nous.

Cathy fut prise d'un mouvement de recul.

— Ce n'est pas un jeu, Elsie !

Elsie regarda sa grande sœur pour la première fois dans toute la fragilité de sa nature. Elsie comprit que Cathy subissait les tourments d'un sentiment qu'elle connaissait peu : la peur. Elle refusait de croire qu'un être qu'elle côtoyait au quotidien, pire, depuis l'enfance peut-être, puisse se révéler être un tueur sans merci. Elsie avait tant envié à son aînée son apparence fragile et délicate qu'elle n'avait jamais pris conscience des conséquences négatives de cette apparence : Cathy avait toujours été laissée dans l'ignorance de tout. Elle était jolie donc elle n'aurait pas de difficultés à trouver un mari. À quoi bon dans ces circonstances prendre la peine de la préparer à la violence du monde. Pour la première fois de sa vie, Elsie fut contente de son apparence. Grande, charpentée, énergique et curieuse, sa mère avait su que la partie serait plus difficile pour elle et avait veillé avec soin à sa formation intellectuelle. Son père, quant à lui, aimait la vigueur de sa fille et lui avait permis de pratiquer nombre d'activités sportives réservées aux hommes. Désormais, Elsie ne se plaindrait plus jamais d'être une grande et forte femme. Elle avait été armée pour ce monde à cause de son apparence physique. Sans qu'elle le sût, ce physique qu'elle avait tant détesté avait été sa chance. Elsie plongea les yeux dans ceux de sa sœur, avec bienveillance mais détermination.

— Si, Cathy, c'est un jeu. Un jeu mortel dont nous venons à peine de rejoindre la partie alors que le tueur a commencé depuis bien longtemps.

Cathy se tourna avec désespoir vers Stuart. Cet homme si respectable allait sûrement contredire sa petite sœur à l'imagination malsaine.

— Je suis d'accord avec Elsie, conclut-il. Tant que nous ne saurons pas pour quelles raisons Henry et Mary ont été assassinés, il nous faudra être prudents. Je ne saurais que trop vous recommander de fermer votre porte à clé cette nuit.

Cathy sembla se liquéfier sur place. Albert sentit sa femme frémir près de lui.

— Et les enfants ? osa-t-elle d'une voix tremblante.

Stuart pesa sa réponse. Il ne voulait pas se montrer pessimiste mais un étranglement et un probable empoisonnement ne pouvaient pas être considérés sans précaution.

— Dormez avec vos enfants.

À ces mots, Cathy se leva d'un bond, les yeux exorbités, les lèvres tremblantes et s'empara de sa fille Adélaïde, la serrant dans ses bras. Elle se saisit alors de la main de Sophie et se précipita hors de la pièce, épouvantée.

Albert encaissa mieux le choc que son épouse. Il regarda Elsie et découvrit une jeune femme calme, grave mais déterminée. La petite Elsie avait bien grandi, sans qu'il s'en fût aperçu. Il tourna alors son attention vers Stuart et demanda :

— N'êtes-vous pas trop alarmiste ?

— Nous avons affaire à quelqu'un capable d'étrangler une vieille dame puis d'empoisonner un homme. Pourquoi ? Je ne sais pas et tant que je ne le saurai pas, j'ignorerai s'il a fini ou si d'autres vies sont en danger.

Albert encaissa ce coup avec plus de difficultés. Il ne s'agissait pas d'un mauvais roman policier. La menace était réelle et pesait sur sa famille. Il se leva avec énergie et, droit comme un i, tira sur son veston pour le défroisser.

— Très bien, Stuart. Je me charge de faire passer la consigne aux autres membres de la famille et aux domestiques.

Stuart tenta de se relever mais retomba dans le fauteuil, ses jambes privées de force. Il s'assit plus au bord du fauteuil pour mieux préparer son prochain essai. Se tournant vers sa cousine, il ajouta :

— Elsie, je souhaiterais que vous préveniez la cuisinière que, désormais et jusqu'à ce que la police arrive, nous ne mangerons que les conserves les plus anciennes. Chaque bocal devra être ouvert devant deux personnes et, à aucun moment, la nourriture servie à la famille ou au personnel ne devra être laissée sans surveillance. De la même manière, le thé, la farine, le sucre et tous les autres aliments dans lesquels l'arsenic peut être dissimulé doivent être évités à tout prix.

Elsie leva les sourcils au ciel. Elle n'avait certes pas songé à cette éventualité mais, avec tous les poisons présents dans le manoir, Stuart avait raison.

— Madame Grant ne va pas être contente… conclut-elle.

La jeune femme quitta la pièce en trombe, manquant de peu renverser sa chaise derrière elle.

Chapitre 5

S tuart était amusé par la vivacité de sa cousine. Il se tourna vers Albert et demanda :

— Qui est Madame Grant ?

— La cuisinière.

Albert resta debout, hésitant à poser la question qui lui brûlait les lèvres.

— J'espère que vous êtes sûr de ce que vous faites.

Il n'était pas très satisfait de cette énonciation mais c'était le mieux que son esprit troublé avait pu formuler.

— Croyez-moi, je préférerais avoir plus de doutes quant au genre de personne que nous affrontons.

Albert nota le « nous » avec satisfaction. Quoi que les autres membres de la famille aient pu penser de lui, Albert n'était pas stupide. Il savait que les criminels étaient pour la plupart des hommes et, s'il avait dû rechercher des suspects dans la famille, il aurait certes placé en tête de liste William et son caractère instable mais il n'aurait pas négligé de soupçonner les autres hommes dans la force de l'âge, catégorie à laquelle il appartenait.

Le tonnerre gronda avec férocité et l'orage reprit peu à peu en force. Albert se dirigea vers la fenêtre, saisit le panneau en bois et le réinstalla... seul... Stuart pensa par-devers lui qu'Albert cachait sous ses costumes classiques un corps vigoureux et agile.

— Et cette tempête qui n'en finit pas, grogna Albert en revenant vers Stuart.

La pièce n'était plus éclairée que par quelques bougies. Dans la pénombre, Stuart fixait sur lui un regard de sphinx. Albert en ressentit un certain malaise.

— Puis-je vous aider ?

— Oui, Albert. Je souhaiterais profiter du fait que nous soyons seuls pour discuter librement avec vous.

Soulagé, Albert sourit et s'assit en face de cet étrange enquêteur.

— Je comprends, je suis une pièce rapportée. Je suis moins prompt à pardonner les petits travers des uns et des autres… Que voulez-vous savoir ?

— Je souhaiterais comprendre les liens unissant Beatrice, William et Arthur.

Albert sourit avec cynisme. Stuart n'avait pas mis longtemps à lever un lièvre.

— Question délicate. En fait, William avait demandé en mariage Beatrice, bien avant Alice. Toutefois, la dame avait refusé sa demande estimant que la famille Worthington n'était pas assez bien pour elle. Ce qu'elle n'avait pas prévu, c'est que la Grande Dépression allait plonger dans la récession presque tous ses prétendants, à l'exception de William. Néanmoins, entre-temps, William avait rencontré Alice et l'avait aussitôt demandée en mariage. Notre chère Beatrice a donc jeté son dévolu sur Arthur, qui l'a épousée. Ne me demandez pas pourquoi, je n'en ai pas la moindre idée. Les difficultés ont ensuite commencé quand Beatrice s'est détachée de son mari pour se rapprocher de son beau-frère.

Stuart ricana. Les histoires de famille étaient toujours passionnantes.

— Et ?

— Rien de trop compromettant, continua Albert. William est excessivement amoureux de sa femme. Toutefois, il a vu dans ce lien avec sa belle-sœur une occasion de faire payer à Arthur toutes ses mauvaises plaisanteries sur son bégaiement. Depuis, l'ambiance est un peu glaciale entre les deux frères.

— Qu'en pensait Henry ?

Albert soupira. Il n'était pas simple de percer l'armure de l'ancien patriarche.

— Pas grand-chose à ma connaissance. Henry avait le plus grand mépris pour ses deux fils. Il jugeait William sérieux mais incapable de gérer les aciéries. Quant à Arthur, il le jugeait plus intelligent mais trop indolent pour le faire. En vérité, je pense que si Henry avait pu choisir, il aurait privilégié son frère Robert et son neveu Édouard. Sous son apparence ronde, Édouard est doté d'une vive intelligence et peut se montrer implacable en affaires.

— Implacable jusqu'à quel point ?

Albert prit le temps de la réflexion. Avait-il choisi à propos l'adjectif « implacable » ? Oui, il avait déjà vu Édouard faire preuve de dureté, voire d'indifférence en affaires.

— Je l'ignore. En revanche, je ne crois pas Édouard capable d'étrangler une vieille dame.

Soudain, la douleur plia en deux Stuart, qui se recroquevilla sur sa jambe droite. Tout son corps participait de la terrible convulsion qui lui ôtait le souffle et jusqu'à l'usage de son esprit. Albert le rejoignit et, ne sachant quoi faire, lui posa la main sur l'épaule.

— Que puis-je faire pour vous ?

Stuart transpirait à grosses gouttes. Il parvint à se concentrer sur la voix d'Albert et râla :

— Un verre d'eau, s'il vous plaît.

Albert s'exécuta à l'instant et tendit un verre d'eau au souffrant. Le souffle court, Stuart sortit de sa poche des gouttes de laudanum, en versa une pipette dans le verre tendu et avala le tout d'un trait. Peu à peu, ses traits se détendirent. Soulagé que le gros de la crise soit passé, Albert alla se rasseoir.

— Je n'ose vous dire de faire attention au laudanum… William, Alice et Beatrice ne peuvent plus dormir sans mais, eux, n'ont pas vos raisons d'en prendre.

Stuart, épuisé par la douleur qui venait d'assaillir son

corps meurtri, soupira.

— Je connais les effets du laudanum mais, parfois, j'en ai besoin.

Albert acquiesça avec gravité. Il était certain qu'avec de telles crises de douleur, Stuart avait besoin de ce calmant. Il n'en demeurait pas moins qu'il avait vu trop de ses connaissances s'accoutumer contre toute raison à ce vin d'opium.

— Je comprends, dit-il. Faites juste attention à vous.

Albert se leva et, avant de quitter la pièce, tapa avec affection sur l'épaule de Stuart.

Enfin seul, Stuart massa sa jambe qui le mettait au martyre et profita de ce moment de tranquillité. Cette maudite araignée et son poison avaient fait bien des dégâts. Sa jambe laissée pour partie insensible suite à la blessure avait presque été rongée jusqu'à l'os, avant qu'il ne s'aperçût de l'ampleur des ravages. Il avait été négligent et en payait désormais le prix.

Après un moment, Stuart eut le courage de se lever et parvint à quitter la pièce après s'être dérouillé les jambes par quelques pas autour du boudoir.

Quand Stuart referma la porte derrière lui, il fut saisi à l'instant même par une conversation où les hauts cris d'une virago venaient couvrir les pauvres explications que tentait d'apporter la jeune veuve d'Henry. Constance, en grand deuil et le visage bouffi, affrontait avec courage une petite femme sèche qui vociférait plus qu'elle ne parlait. Devinant qu'il allait rencontrer la fameuse Madame Grant, Stuart se prépara à l'affrontement.

— Je vous assure, Madame Grant, que nous ne remettons pas votre honnêteté en cause, plaidait Constance. Si Monsieur Spencer a jugé bon de prendre cette précaution, je ne peux que me rallier à son opinion.

Stuart s'approcha et s'arma de son plus beau sourire.

Cette manœuvre, qu'il rechignait à utiliser, lui avait déjà permis de se sortir de situations fort déplaisantes. Peut-être son charme agirait-il sur la coriace Madame Grant ? Au vu du regard noir qu'elle lui lança, il douta soudain de son pouvoir de séduction.

— Madame Grant. Je suis ravi de vous rencontrer.

La cuisinière grogna pour toute réponse. Elle n'avait pas l'intention de laisser un étranger lui dicter ce qu'elle devait faire en cuisine.

Stuart sentit l'hostilité de la revêche râleuse le transpercer de part en part. Puisque le charme n'avait pas fonctionné, il allait attaquer bille en tête.

— J'espère que vous ne vous êtes pas sentie visée par ma décision. Toutefois, je dois vous prévenir qu'elle est irrévocable. Tant que la police ne sera pas là, nous ne mangerons que de vieilles conserves.

C'était une provocation ! Une injure ! Une monstruosité qui ne pouvait être tolérée ! Madame Grant prit à peine le temps d'inspirer avant de remettre à sa place l'épouvantable nuisible que Stuart était devenu à ses yeux.

— Cela se voit que vous n'êtes pas cuisinier ! C'est une insulte à mon art, gronda-t-elle.

— Insulte ou pas. Il y a probablement un empoisonneur dans la maison. Aussi, pour quelques repas, nous nous priverons du privilège de goûter à vos plats. En outre, je tiens à spécifier que les plats destinés aux enfants doivent être absolument prioritaires. Gardez ce dont vous êtes le plus sûre pour les enfants.

Madame Grant fut déstabilisée. Les enfants ? Une abominable vérité commençait à se faire jour dans l'esprit de la cuisinière mais c'était par trop atroce pour être vrai. Elle ne pouvait l'accepter.

— Êtes-vous en train d'insinuer que quelqu'un pourrait empoisonner les enfants par ma cuisine ?

Stuart s'appuya sur sa canne pour mieux se redresser.

— Je veux dire, Madame Grant, que quelqu'un a pu à tout moment, en une fois ou en plusieurs fois, empoisonner vos plats, votre farine, votre sucre, votre sel, votre thé ou tout autre aliment se trouvant dans votre cuisine. En utilisant ces ingrédients, vous empoisonnez inconsciemment tous les membres de la famille et du personnel - vous y compris - à chaque fois que vous servez un plat. Comme les doses de poison nécessaires à tuer un enfant sont infiniment plus petites que celles nécessaires à l'empoisonnement d'un adulte, je vous demande de garder les conserves dont vous êtes certaines pour les enfants. Madame Grant, je vous confie cette tâche difficile mais essentielle de veiller à ce que cet empoisonnement, s'il a été organisé, cesse aujourd'hui même.

Madame Grant, muette de stupéfaction, fixait ce personnage détestable en silence. La farine, le sucre, le sel, le thé ou toute autre chose auraient pu être empoisonnés ? Si tel était le cas, elle empoisonnait chaque jour et à plusieurs reprises l'ensemble des personnes présentes dans ce manoir maudit. Soudain, sans prendre congé, elle se précipita dans l'escalier et commença à hurler des imprécations à ses commis. Stuart la regarda disparaître avec une pensée pour les domestiques sous l'autorité de cette mégère... Au moins lui semblait-elle honnête. Il ne croyait pas Madame Grant capable de jouer l'ahurissement à ce point ou, dans ce cas, elle devait de toute urgence intégrer la profession d'actrice.

— C'est monstrueux... souffla Constance. Je viens de me faire servir une tasse de thé mais...

— Ne la buvez pas.

Stuart reporta toute son attention sur Constance. La jeune femme semblait effondrée. Les yeux rougis, le visage bouffi, les lèvres prises d'un léger tremblement, tout concordait à montrer la peine profonde que lui occasionnait son deuil. Selon toute vraisemblance, la jeune Constance avait été sincèrement attachée à son vieil époux.

— Madame, je souhaitais vous présenter mes plus sincères condoléances. Je sais que vous subissez un deuil cruel mais je voudrais m'entretenir avec vous quelques instants.

Constance accepta puis entra dans son boudoir, entraînant Stuart à sa suite.

Dans le boudoir bleu, aux douces teintes lavande, Constance s'installa à une petite table et invita Stuart à la rejoindre. Conscient qu'il devait ménager son corps, Stuart s'assit avec précaution en face de la jeune veuve.

— Que voulez-vous savoir, Monsieur Spencer ?

Stuart détailla pour la première fois sa jeune tante par alliance et se dit qu'Henry avait eu un goût certain pour les femmes. Deux grands yeux bleus aux reflets sincères le scrutaient à la recherche d'explications et... d'aide ? Se pouvait-il que la jeune femme ait peur ?

— Je souhaiterais que vous me parliez de votre mari et de sa mère, Charlotte.

Les grands yeux bleus s'ouvrirent un instant et retrouvèrent leur taille habituelle. Constance prenait le temps de réfléchir avant de parler, ce qui était appréciable.

— Concernant Charlotte, je ne peux que vous répéter ce qu'Henry m'en a dit. Elle a disparu bien avant notre mariage et je dois avouer que je n'ai jamais eu la curiosité de poser des questions sur elle. Toutefois, selon Henry, Charlotte était une femme acariâtre, pleine de haine envers son mari et son fils aîné. Henry a beaucoup souffert de cette relation avec sa mère. Il me disait que même les deuils qui l'avaient frappé, n'avaient pas infléchi l'attitude de Charlotte à son égard.

— À quels deuils faites-vous référence, Madame ?

— À ses fils.

Stuart demeura immobile. Pourtant, l'information était d'importance. Henry avait donc perdu des fils ? Inconsciente de l'effet qu'avait produit la nouvelle sur son interlocuteur, Constance continua :

— Henry a perdu deux de ses fils. Le premier, Walter, n'était âgé que d'un an quand il est mort et le second, Philip, est mort d'un accident de cheval quand il avait une vingtaine d'années. Manifestement sa selle était usée et a cédé. Malgré ces deux deuils, l'inflexible Charlotte ne s'est jamais rapprochée d'Henry. En revanche, quand Robert a perdu l'un de ses fils, Charles, noyé dans un étang du parc, Charlotte a été très présente pour son cadet. Henry a toujours vécu cette différence comme une injustice.

Stuart parvint à se contenir une nouvelle fois. Trois morts. *Les cadavres s'amoncellent un peu trop pour qu'il s'agisse du seul fruit du hasard... ou, alors, il faut croire que cette famille est maudite.* Puisque Constance semblait disposée à lui parler, Stuart continua :

— Henry savait-il pourquoi sa mère le rejetait à ce point ?

— Non. Il ne l'a jamais compris.

— Henry vous avait-il parlé de son père, Conrad ?

Constance pinça les lèvres en signe de dénégation.

— Jamais.

— Vous avait-il donné plus de détails sur la mort de ses enfants ou de son neveu ?

— Il abordait rarement ce sujet encore douloureux malgré les années qui le séparaient de ces drames.

— Vous avait-il parlé de Violette ou de Doris ?

— Avant le jour où il nous a annoncé votre arrivée, il n'avait prononcé votre nom qu'une fois, quand la dernière lettre de votre mère nous était parvenue.

— En quels termes ?

— Il disait qu'il devait faire quelque chose pour vous tous. En revanche, je ne sais pas à quoi il pensait. Il ne m'en a jamais reparlé.

À ce point de ses réflexions, Stuart était dépourvu d'autres questions.

— Je vous remercie pour votre aide, Madame, et je vous renouvelle mes plus sincères condoléances.

— Merci, Monsieur.

Stuart prit congé et laissa Constance livrée à ses propres pensées.

♦ ♦ ♦

S tuart marchait lentement dans le couloir pour laisser place à ses idées. Son instinct lui disait qu'il avait trouvé dans cette conversation des éléments primordiaux pour comprendre l'histoire de sa famille. Se pouvait-il que des morts aussi anciennes soient liées aux deux meurtres auxquels il était confronté ? Était-ce une coïncidence ? La mort pouvait-elle se présenter avec tant de régularité dans une même famille ? Certes, il n'était pas rare que les enfants mourussent de maladie dans un âge tendre, ce qui pouvait expliquer la mort de Walter - l'enfant mort dans sa première année de vie - mais une selle usée et une noyade ? Stuart devait éclaircir ces morts afin de pouvoir continuer ses investigations. Qu'il s'agisse de tristes coups du sort ou d'assassinats, il en aurait assez vite la confirmation et savait avec précision qui il devait interroger. Une personne présente depuis le commencement et dont les réactions violentes n'en étaient pas moins sincères. *Ce cher cousin William.*

Alors qu'il en était arrivé à cette conclusion, le hasard fit que William sortit de sa chambre juste devant Stuart qui arrivait. L'enquêteur n'était pas homme à rater une occasion de poursuivre ses investigations.

— Cousin, je souhaiterais vous parler.

William se retourna et s'assombrit dès qu'il vit Stuart. Ce dernier ne savait pas au juste si cet étrange cousin réservait ce genre d'accueil à tous les étrangers du manoir mais peu lui importait de plaire ou de déplaire.

— Je… n'ai… rien à… vous dire, chevrota William.

— Qu'avez-vous à me dire sur Walter, Philip et Charles ?

Stuart se durcit, se préparant à subir une nouvelle attaque de rage de William. Pourtant, sa réaction fut différente et quelque peu inattendue. William sembla soudain épouvanté. Il dévisagea Stuart avec horreur et recula malgré lui vers le mur, ne lâchant pas son cousin du regard. Une étrange plainte surgit alors de sa gorge en un râle inarticulé. William se précipita vers la porte qu'il venait de franchir et s'enferma dans sa chambre, comme si les morts eux-mêmes venaient de se présenter devant lui pour lui demander des comptes.

Stuart avait observé la réaction de son cousin sans bouger. Bien qu'il eût l'habitude de provoquer et de malmener les suspects pour que la stupéfaction les empêchât de dissimuler la vérité de leurs âmes, il était parvenu à un tel résultat en de très rares occasions. William avait-il tué l'un ou l'autre de ses frères ou cousin ? Sa réaction délirante ne plaidait pas en sa faveur, à moins que…

Stuart fronça les sourcils, jaugeant avec soin l'idée qui venait de surgir dans son esprit, et estima préférable de la laisser de côté pour un temps. Puis, il reprit sa lente marche dans le couloir, passant avec méfiance à côté de la porte par laquelle William venait de disparaître.

◆ ◆ ◆

S tuart s'éveilla en sursaut. Il ne reconnut pas sa chambre… Où se trouvait-il ? Il se redressa l'esprit encore embrumé et observa la pièce dans la pénombre. Une rafale de vent le fit se souvenir de tout. Le manoir Worthington, Mary, Henry et les trois enfants… À chaque fois qu'il devait prendre du laudanum, il était obligé de s'allonger et s'enfonçait parfois dans un sommeil si profond que les heures passaient alors sans qu'il n'en ait conscience. Quelle heure pouvait-il être ? Avait-il raté le dîner ? La nuit était-elle tombée ? Il se leva en jurant. Stuart jurait peu mais la situation était grave. Il s'était bien promis de veiller sur sa famille endormie et s'était lui-même plongé dans les bras de Morphée. Il saisit sa canne, lissa un peu la veste de costume dans laquelle il s'était endormi et sortit de sa chambre.

Il fut aussitôt soulagé. La lumière qui parvenait du

rez-de-chaussée prouvait que la famille n'était pas encore endormie. Au pire, il avait raté le repas et s'en excuserait. Il entreprit de descendre l'escalier quand la cloche de l'entrée retentit. *Madame est servie.* Stuart eut un moment d'hésitation. Il ne s'était pas changé pour le dîner mais ne pouvait arriver en retard à table… Laquelle de ces deux perspectives serait jugée comme la plus grossière ? Arriver en retard ou dîner en costume de ville ? Stuart haussa les épaules, sa mère et sa grand-tante auraient certainement eu une réponse détaillée à ce problème. Pour sa part, il n'en avait pas la moindre idée et décida de dîner à l'heure en costume de ville. Il poursuivit la descente de l'escalier.

◆ ◆ ◆

Q uand Stuart apparut dans la salle à manger pour rejoindre la famille Worthington, il n'eut pas même le temps de s'excuser de sa tenue que chacun s'enquérait de sa santé. Stuart avait espéré qu'Albert resterait discret sur son malaise passager… Il n'en fut rien. Tous les membres de la famille présents se montraient si soulagés de sa venue qu'ils lui pardonnèrent sans la moindre hésitation son manque de tenue. Alors qu'ils s'installaient autour de la grande table, un peu réduite par rapport à la veille, Stuart s'aperçut qu'outre l'absence de Constance, qui était bien compréhensible, ni William, ni Alice n'avaient décidé de les rejoindre. Malgré tout, les domestiques avaient fait de leur mieux pour créer une ambiance agréable dans cette pièce. À force de lampes à huile et de chandeliers, la salle à manger était bien éclairée et aurait pu accueillir un repas mondain. Toutefois, en ce jour de deuil, le repas fut morose. Les convives essayaient de faire bonne figure mais, à chaque fois qu'une conversation était lancée, elle retombait presque aussitôt. Placés à chaque bout de la table, Robert et Adélaïde avaient endossé les rôles de maîtres de maison, à la demande d'Arthur qui ne souhaitait pas remplacer William en ce jour. Les deux frères se détestaient déjà assez sans ajouter un nouveau motif de dispute. Adélaïde avait donc dressé à la hâte un plan de table qui réunissait, en partant de la droite de Robert, Victoria, Stuart, Cathy, Édouard, elle-même, Arthur, Elsie, Albert et Beatrice assise à la gauche de Robert.

Placé entre Victoria et Cathy, Stuart discutait avec ses voisines en toute amabilité, tentant de répondre de son mieux aux questions de Cathy. Non loin de lui, Robert écoutait avec attention les récits de son neveu, tout en conversant avec ses voisines, Beatrice et Victoria.

— Ce soir, mon neveu, je vous demanderai de bien vouloir me faire part de vos souvenirs militaires lorsque nous serons loin des dames. Je ne voudrais pas vous infliger ce genre de récit, ma chère Victoria.

Victoria se rengorgea et assuma pleinement son statut de faible femme.

— Je vous en remercie, père. Je sais gré à nos soldats de combattre pour sa Majesté la reine et l'empire des Indes mais je dois avouer que je ne me sens pas capable d'entendre ces histoires.

Elsie se mordit les joues pour ne pas faire de remarques blessantes à sa belle-sœur. À titre personnel, elle aurait apprécié d'entendre ces récits… À son grand soulagement, Cathy partageait sa curiosité.

— Peut-être, cousin, accepterez-vous de partager vos souvenirs avec certaines dames qui se sentent capables d'en supporter le récit ? intervint Cathy.

— Avec plaisir, cousine.

Un coup de tonnerre fit trembler le manoir jusqu'en ses fondations. Albert s'autorisa à râler, ce mauvais temps lui vrillait les nerfs depuis trop longtemps.

— Cette tempête ne cessera donc jamais.

Elsie, installée à côté de lui, lui répondit de son mieux avant que Cathy n'ait l'occasion de lancer son regard le plus noir à son époux. Cathy avait en effet coutume de laisser libre cours à sa méchante humeur mais elle ne tolérait pas que les autres en fissent de même dans son entourage.

— D'après Conrad, le temps devrait se stabiliser demain et nous pourrons envoyer quelqu'un chercher la police, précisa Elsie.

Stuart fut un instant déstabilisé. Il avait déjà entendu ce prénom mais ne se souvenait plus à qui il appartenait. *Maudit laudanum… J'ai l'esprit embrouillé.*

— Qui est Conrad ?

— Le jardinier, reprit Elsie. C'est un homme un peu bourru mais qui n'a pas son pareil pour prévoir le temps. Vous avez dû apercevoir sa fille, Juliane. C'est la femme de chambre de Constance.

Stuart tenta de se remémorer les femmes de chambre qu'il avait croisées mais devait avouer qu'il ne s'était pour le moment pas inquiété de leurs identités… ce qui était une négligence à laquelle il allait devoir remédier le plus vite possible.

— Je suis confus mais je ne me souviens pas du nom de tous les domestiques, s'excusa-t-il.

Elsie haussa les épaules. Nul n'était parfait en ce bas monde semblait-elle vouloir dire.

— Je vous les présenterai demain.

La conversation retomba une fois de plus avant qu'Albert ne tentât, avec une certaine vaillance, de la relancer :

— Je trouve que Madame Grant a fait des miracles ce soir, compte tenu des circonstances.

Loin d'obtenir l'effet escompté, Albert avait ouvert la boîte de Pandore. Beatrice, qui n'avait pas ouvert la bouche de la soirée, sauf pour y déposer avec dégoût quelques bouchées rachitiques, sauta sur cette belle occasion de répandre sa véhémence.

— La seule chose que j'espère désormais, c'est que la police puisse venir le plus tôt possible et que nous sachions enfin s'il y avait du poison dans la cuisine ou pas. L'incertitude est pire que tout.

Victoria opina du chef avec vigueur et poursuivit :

— Cette attente est épouvantable ! J'en ai les sangs tout retournés ! Entre la tempête et ce tueur qui rôde, je suis certaine de ne pas fermer l'œil de la nuit !

Les deux femmes continuèrent cet échange pendant un moment que les autres convives estimèrent fort long avant que Robert, lassé par le plaisir malsain qu'il ressentait poindre dans la conversation, n'achevât le débat.

— Demain, nous serons fixés. Dès la première heure et à la condition que les vents tempétueux se calment, j'enverrai chercher la police. Eux sauront quoi faire de cette sombre histoire. D'ici-là, je vous demande de ne pas perdre votre sang-froid et de dormir avec vos enfants comme l'a suggéré Stuart.

À ces mots, quelques moues contrariées surgirent autour de la table. Dormir dans la même chambre que les enfants ? Quelle idée saugrenue ! À quoi donc servaient les nurses dans ce cas ? Alors que Cathy et Albert s'étaient préparés à cette nouveauté, Édouard et Victoria appréhendaient vivement de devoir passer la nuit en compagnie de leurs trois enfants, quand Arthur et Beatrice se révoltèrent contre une telle perspective.

— Je n'ai pas l'intention de dormir avec ma fille, ce soir, s'indigna Beatrice.

— Et que devrions-nous dire, ma chère ? s'insurgea Victoria. Pour notre part, nous allons devoir subir les hurlements d'un nourrisson et la mauvaise humeur de deux jeunes enfants qui ne manqueront pas d'être réveillés en sursaut ! Au moins, vous concernant, votre aînée est en sécurité dans sa pension. Quant à votre cadette, je pense qu'il serait plus prudent de suivre l'avis de Monsieur Spencer…

Loin de ces préoccupations, Robert marmonna dans sa barbe quelques phrases supplémentaires dont le sens échappa à Stuart. Toutefois, il crut saisir une phrase peut-être plus dangereuse qu'il n'y paraissait de prime abord : *Il faut aussi que nous voyions le notaire…* Robert avait-il vraiment dit cela ou son esprit lui jouait-il des tours ? Il aurait préféré que son oncle soit plus prudent.

Un léger silence fit le tour de la table puis les conversations reprirent une nouvelle fois.

Chapitre 6

Après le repas, les hommes s'étaient retirés, comme de coutume, dans le fumoir. Albert tentait de convaincre Robert et Arthur des thèses économiques du défunt Henry, ce qui permit à Stuart de s'isoler quelque peu avec Édouard. Ce personnage rond dont sa famille reconnaissait la vive intelligence avait surpris Stuart par sa vigueur et sa rapidité lorsqu'il s'était interposé entre William et lui. L'homme avait l'air d'humeur maussade mais Stuart n'avait jamais renoncé à un interrogatoire pour une raison aussi futile. Il s'approcha d'un air déterminé.

— Cousin, je souhaiterais m'entretenir avec vous, si vous le permettez.

Édouard sembla sortir d'un monde isolé dans lequel il s'était retiré en pensée et fixa Stuart d'un regard vif. Sa réputation d'intelligence n'était probablement pas extorquée.

— Bien sûr, cousin, je suis à votre disposition.

Stuart s'assit dans le fauteuil club à côté de celui d'Édouard et accepta le verre de porto qu'il lui offrait. Stuart n'était guère habitué à ce vin parfumé du Portugal. Sa consommation n'avait pas rejoint les lointaines Indes dans lesquelles il avait passé la majeure partie de sa vie. Toutefois, il appréciait le porto, qui lui évitait de boire des alcools plus forts au risque d'entamer ses capacités de réflexion. Édouard entama la conversation.

— Que puis-je pour vous ?

— Je souhaiterais que vous me parliez des domestiques évoqués par Elsie au cours du repas.

Édouard parut surpris. Les domestiques ne faisaient manifestement pas partie des sujets qu'il avait imaginés aborder avec son interlocuteur.

— Conrad et Juliane ? Et bien, Conrad est un homme difficile mais efficace. Je sais que Cathy a eu maille à partir avec lui l'année dernière et il a fallu qu'Henry intervienne en personne pour que Conrad accepte de changer ses poisons de place. La demande de Cathy était pourtant légitime, me semble-t-il. Juliane est, quant à elle, une jeune femme convenable bien que la relation privilégiée qu'elle entretient avec Arthur ait donné lieu à toutes sortes de caquetages forts déplaisants l'année dernière.

— Quelle véracité apportez-vous à ces rumeurs ?

Édouard fit une grimace éloquente. Il se contre-fichait de la question.

— Je suis un homme fort occupé et, pour dénouer le vrai du faux dans ces commérages, il faut plus de temps et de patience que je n'en ai.

L'homme était tranchant. Bien plus que sa bonhomie apparente ne le laissait supposer. Albert avait raison dans sa description de son beau-frère. *Implacable*. L'adjectif avait étonné Stuart mais il le comprenait désormais. Restait à découvrir à quel point cet homme l'était.

— Je vous remercie pour ces renseignements, cousin. Concernant la mort de Mary, je serais curieux de connaître votre point de vue.

— N'étant pas policier, je ne mettrai pas en doute les conclusions des inspecteurs. La pauvre femme est tombée sur un rôdeur qui l'a étranglée. Il n'y avait que ce pauvre Henry pour voir un complot dans cette mort.

Stuart comprit qu'il n'apprendrait rien d'Édouard. Sans être aussi hostile que William, le frère d'Elsie restait méfiant. Stuart s'apprêtait à prendre congé de lui quand Édouard l'arrêta d'un geste.

— Encore un mot, cousin. Pour ma part, je trouve que

vous passez un peu trop de temps avec ma sœur Elsie.

Stuart marqua une certaine surprise, bien qu'il se fût préparé à une telle éventualité. Toutefois, il avait plutôt imaginé que le reproche viendrait d'Adélaïde.

— Je vous assure, cousin, qu'il n'y a rien de compromettant en cela. C'est simplement que… je me plais à penser que la petite sœur que j'ai perdue pourrait lui ressembler.

— Pardon ?

Un vague sourire triste s'imposa sur le visage de Stuart.

— J'ai eu une petite sœur, Amanda, avant de la perdre à l'âge de cinq ans d'une fièvre mortelle. Elle était vive et dégourdie. Je l'adorais. Quand j'ai vu Elsie, je me suis dit qu'Amanda aurait pu lui ressembler, si elle avait vécu.

Pour la première fois, Stuart vit le trouble surprendre Édouard. Le rouge de la honte envahit le front si clair de son cousin.

— Je suis confus… J'ignorais ce point. Je vous présente mes plus sincères excuses. C'était particulièrement déplacé de ma part…

— Non, vous avez raison. Pour ma part, il n'y a aucune ambiguïté dans ma relation avec votre sœur mais je dois veiller à ce qu'elle n'envisage pas notre relation différemment.

Édouard se rejeta dans son fauteuil avec dépit et s'intéressa de nouveau à son porto.

— La connaissant, conclut-il, il n'y a pas plus d'ambiguïté de son côté que du vôtre. Nous ne la marierons jamais de toute façon ! Elle est désespérante… mais tout le tort ne repose pas sur elle. Père lui a donné l'éducation d'un homme et voilà le résultat !

Édouard conclut sa tirade par une large gorgée de porto. Stuart l'observa un instant et prit congé de lui.

De son côté, Elsie se préparait à une épreuve d'une toute autre difficulté. Elle allait devoir interroger sa mère, la terrible Adélaïde, et voyait fondre son courage comme neige au soleil. Pourtant, dans le salon de thé où les dames s'étaient retirées, les conversations allaient bon train. Cathy, Beatrice et Victoria parlaient avec animation de leurs enfants, pendant qu'Adélaïde s'était un peu écartée du groupe, qu'elle jugeait beaucoup trop bruyant, pour lire un ouvrage de morale. Elsie rejoignit sa mère.

— J'ai à vous parler, mère.

Adélaïde releva un sourcil, intriguée.

— Cela fait bien longtemps que cela ne t'est pas arrivé ma fille…

Elsie ne voulut pas lui laisser le temps de la déstabiliser. Elle avait besoin de renseignements et elle les obtiendrait.

— Vous cachez des choses sur grand-mère Charlotte.

Adélaïde eut une moue mauvaise et retourna à sa lecture.

— Certaines choses ne regardent pas les étrangers.

— Ce n'est pas un étranger, c'est mon cousin et votre neveu. En outre, vous avez à choisir entre me dire les choses maintenant ou à la police plus tard. Choisissez bien votre interlocuteur.

Adélaïde s'adossa davantage dans son fauteuil. Comment cette petite sotte osait-elle ?

— Me menacerais-tu ?

Elsie sentit son ventre se nouer mais elle refusa de se laisser impressionner.

— Je vous informe simplement que si vous choisissez de vous taire, quand la police arrivera, je leur dirai qu'ils doivent vous interroger car vous détenez des informations.

— Tu n'oserais pas… ricana Adélaïde.

Le visage d'Elsie se renfrogna en une expression de ferme détermination. Adélaïde l'observa et conclut que sa benjamine ne fanfaronnait pas.

— Il y a des moments où je me demande si tu es ma fille.

— Ne vous inquiétez pas pour cela. Si j'ai pris la

rondeur de corps de père, mon esprit tranchant et inflexible, je vous le dois.

Adélaïde fut très contrariée par cette remarque. Elle voulait se montrer blessante et arrêter ainsi la conversation inconfortable qu'Elsie avait décidé d'avoir mais elle venait de se faire rabrouer.

— J'ai toujours dit à Robert que ton éducation laissait à désirer. Ton père n'a jamais voulu m'écouter et, voilà, le résultat !

— Ce n'est pas le sujet, mère.

— Bien, que veux-tu savoir ?

— Ce que vous cachez.

Adélaïde sourit. Elle venait de trouver un nouvel angle d'attaque.

— Tu vas être déçue si tu crois que je connais le meurtrier… Voilà, ce que j'ai omis de préciser à ton précieux cousin. À cet égard, ma fille, ne t'attache pas trop à lui, il te voit comme une petite fille.

— Je ne cherche pas un mari mais j'ai peut-être enfin trouvé un ami. Pour en revenir à grand-mère…

Adélaïde se sentait acculée et détestait cette sensation.

— Bien, fais comme tu veux mais ne viens pas te plaindre ensuite. Charlotte ne détestait pas seulement son mari et son fils Henry, elle avait aussi en horreur Mary. Ta grand-mère devait jalouser le lien exceptionnel que la nurse avait tissé avec son fils.

Elsie garda le silence. Le renseignement était de faible importance et elle connaissait assez sa mère pour savoir qu'il ne s'agissait pas de ce qu'elle dissimulait.

— C'est tout ce que j'avais à te dire, trancha Adélaïde.

— Et si nous abordions la question de mes cousins et de mon frère prématurément décédés ?

Le visage d'Adélaïde perdit soudain toute couleur. *Impossible… Impossible ! Pas après tout ce temps !*

— Cela ne te regarde pas.

— Oh si, cela me regarde. Je me souviens d'avoir entendu grand-mère hurler sur son lit de mort : « Jeune ou pas, c'était un meurtre ! ». Alors mère, me parlez-vous ou préférez-vous la police ?

Stupéfaite, Adélaïde regardait sa fille comme si elle lui découvrait une nouvelle personnalité. Dure, inflexible, tenace, la petite Elsie, boulotte et joyeuse, avait cédé la place à une créature mauvaise et malveillante.

— Tu es… infâme. À quoi te sert de remuer toute cette fange ?

— À obtenir justice pour mes cousins et mon frère… et mon oncle aussi… et Mary… Ne pensez-vous pas qu'il y a trop de cadavres dans cette maison ?

Adélaïde perdit pied.

— Mais ce n'est pas lié !

— Qui vous le dit ?

Adélaïde était trop stupéfaite pour comprendre par quels chemins la pensée de sa fille était passée pour lier toutes ces morts. Elle renonça à lutter.

— Bien, puisque c'est ton souhait… Charlotte était persuadée que William avait étouffé Walter, le troisième fils d'Henry et de Sofia. Il faut savoir que Walter était un bébé agité, qui hurlait à longueur de journée et toutes les nuits. Pour ma part, je suppose qu'il était malade mais Charlotte n'a jamais voulu entendre raison.

Elsie ne lâchait pas du regard sa mère. Désormais qu'elle avait commencé à parler, elle allait tout dire.

— Concernant Philip, le quatrième fils d'Henry, je n'ai pas grand-chose à dire. Il est parti chasser, sa selle a cédé et il a fait une chute mortelle. Enfin, concernant ton frère Charles, il est mort noyé dans un étang. Ce que je ne t'ai jamais dit, c'est que je l'avais confié à William.

Pour la première fois depuis le début de l'entretien, Elsie ne put se contenir. L'horreur se marqua sur son visage. *William… Était-ce possible ?*

— William, qui était alors âgé de 17 ans, s'est endormi au lieu de veiller sur ton frère et Charles, d'une façon ou d'une autre, est tombé dans l'étang et n'en est jamais sorti. Quand Charlotte a su que William était supposé veiller sur

Charles, elle s'est précipitée comme une damnée dans notre chambre et s'est jetée aux pieds de ton père pour qu'il lui pardonne. Elle se reprochait de ne pas nous avoir parlé de la mort de Walter et considérait que si William avait tué Charles, c'était en partie sa faute. Pour ma part, quand j'ai vu dans quel état de choc se trouvait William, je n'ai pas eu de doutes. Il était innocent de ce dont sa grand-mère l'accusait. Es-tu satisfaite désormais ?

Elsie acquiesça d'un signe de tête. Elle savait qu'elle avait trop bousculé sa mère, mais que pouvait-elle faire d'autre ? Un meurtrier rodait dans le manoir et, par de funestes coups du sort, son cousin se trouvait toujours là où il ne fallait pas.

— En ce cas, je vais me coucher, conclut Adélaïde. Avoir remué tous ces malheurs m'a fatiguée.

Adélaïde se leva sans un regard pour sa fille, puis elle prit congé des autres dames et disparut. Elsie savait que ce qu'elle venait d'apprendre n'était pas anodin. Elle devait en parler à Stuart avant qu'il ne partît se coucher. Quelques instants après sa mère, elle quitta la pièce.

◆ ◆ ◆

L a nuit avait entouré le manoir et, dans le silence, seule la tempête continuait à souffler sans relâche au dehors. À l'étage des chambres, tout était sombre, excepté l'espace devant la porte d'Henry qui était éclairé par deux bougies. Juliane, somnolente sur sa chaise, et Monsieur Miles, dont les yeux luttaient pour ne pas se fermer, veillaient en silence dans la pénombre. La faible luminosité éclairant les deux veilleurs ne pouvait pas déranger les autres membres de la famille dont les chambres se trouvaient de l'autre côté de l'étage. Lorsqu'il vivait encore, Henry avait toujours insisté pour dormir le plus loin possible des autres, le moindre son ayant le don de le réveiller et de le tenir ensuite en éveil pour de nombreuses heures.

À l'autre extrémité du couloir, hors de portée de la lumière des bougies et de la lune grâce à un épais rideau couvrant la fenêtre, une ombre plus épaisse que les autres se glissait vers la chambre de Constance. L'ombre prenait tant de soin à progresser avec lenteur qu'un promeneur nocturne mal éveillé ne l'aurait sans doute pas remarquée. Sur ses gardes, elle se figeait à chaque son, à chaque doute. Pourtant, elle avançait et rejoignait sans dévier la chambre de Constance. Parvenu devant la porte de la jeune veuve, l'intrus se détacha enfin des coins les plus sombres du couloir pour se matérialiser avec plus de réalité. Il posa sa main gantée de noir sur la poignée qui refusa de tourner sous sa pression. Il sortit alors une clé de sa poche quand Stuart jaillit de derrière le rideau.

Surpris, le tueur fit un pas en arrière et reçut de plein fouet un vigoureux coup de canne sur l'avant-bras, qu'il avait mis en protection. Vif et agile, il riposta sans délai, arrachant la canne des mains de Stuart pour mieux se jeter sur lui. La lutte était féroce entre les deux hommes. Les coups pleuvaient de part et d'autre. Stuart encaissait de nombreux coups mais, dos au mur, il parvenait à garder son équilibre et rendait coup pour coup. Dans la bagarre, il tentait d'observer son adversaire. *Homme. Dur. Solide. Brutal.* Soudain, conscient que le bruit de la lutte engagée ne manquerait pas d'attirer les curieux, le criminel arracha le rideau à côté de Stuart. La pâle lumière de la lune de cette nuit de tempête pénétra dans le couloir et éclaira la scène. Il rejeta le rideau sur Stuart et profita des quelques secondes où celui-ci se retrouvait empêtré pour sortir un revolver. Au moment où son adversaire se libérait du rideau, l'homme en noir lui fracassa le crâne d'un coup de crosse. Stuart s'effondra, inconscient, une blessure à la tête luisant sous la lumière de lune.

Attiré par le bruit de la lutte et la lumière soudaine au fond du couloir, Monsieur Miles se précipita à la rescousse. L'ombre tira sans viser. Le majordome n'eut que le temps de se jeter au sol, la balle filant au-dessus de sa tête. Monsieur Miles rebroussa chemin et se réfugia, pelotonné, derrière une petite commode ornant le couloir. Que pouvait-il faire d'autre ? Au cours de sa longue carrière de domestique, il n'avait jamais été confronté à une telle situation. Dans sa course, il avait juste discerné une silhouette vêtue de noir et n'avait pas réussi à voir avec qui elle se battait. Le majordome réunit tout son courage et sortit la tête hors de son abri de fortune pour observer ce qu'il se passait. Dans un rayon de lune, il découvrit avec horreur le tueur ajuster son tir vers la tête de Stuart.

— Non !!! hurla-t-il.

Soudain, un éclair métallique transperça les ténèbres et frappa avec une grande violence le revolver qui tomba au sol. Elsie, en longue chemise de nuit blanche, surgit de sa chambre, l'épée à la main. Sans laisser le temps au criminel de récupérer son arme, elle projeta sa lame en avant et l'attaqua bille en tête. Elle multipliait les assauts et les bottes déployant toutes les connaissances que ses maîtres d'armes lui avaient inculquées pendant ces nombreuses années d'entraînement. Pour la première fois, elle affrontait arme au poing un véritable adversaire, une personne qui ne ferait pas de quartier. Souple et rapide, le tueur esquivait toutes les attaques et cherchait une ouverture dans la défense de la jeune femme.

Dans une grande confusion, Monsieur Miles vit une forme blanche affronter une forme noire. Il ne disposait pas alors de ses lorgnons et n'avait qu'une vision confuse du combat mais il était presque sûr que l'ombre noire ne disposait plus de son revolver, sinon l'ombre blanche et son épée n'aurait pas pu le faire reculer. Monsieur Miles se releva et se jeta dans la bataille en espérant de tout cœur qu'il ne prendrait ni un coup d'épée, ni un coup de revolver.

Sentant une menace dans son dos, le tueur se saisit d'un couteau à sa ceinture et le lança vers Elsie. Surprise, la jeune femme arrêta net ses attaques et se jeta de côté pour éviter l'arme. Profitant de cet instant de flottement, le criminel disparut dans les escaliers alors que Monsieur Miles arrivait. Les ténèbres s'étaient déjà refermées sur le meurtrier. La duelliste s'élança en avant et se jeta à sa poursuite.

— Miss Elsie ! N'y allez pas ! hurla Monsieur Miles qui venait de comprendre qui était la silhouette blanche.

En haut de l'escalier, Elsie tenta de percer l'obscurité et eut un mouvement d'hésitation. Il pouvait l'attendre n'importe où… Qui pouvait savoir de quelle arme il disposait encore ?

— Il va s'échapper !

C'était impossible, elle ne pouvait pas le laisser partir sans essayer de le rattraper. Elsie s'engouffra dans l'escalier.

— Elsie ! Il va vous tuer ! hurla Stuart.

Elsie s'arrêta net. Elle observa de nouveau devant elle l'obscurité et, soudain, remonta à l'étage. Au fond du couloir, elle jeta un coup d'œil à Stuart, son visage était dégoûtant de sang. Une large plaie ornait son crâne mais il était vivant et recouvrait ses esprits. Juliane arriva alors avec les deux bougies qui avaient éclairé la porte d'Henry. Monsieur Miles s'en empara d'une et commença à descendre l'escalier, chassant les ténèbres devant lui. Elsie le suivit, épée à la main. Encore étourdi, Stuart se releva avec difficulté, prenant appui contre le mur. Où était donc tombée cette fichue canne ?

Cathy choisit cet instant pour sortir, en chemise de nuit, dans le couloir, une bougie dans une main et un revolver dans l'autre. Stuart se dit que ses cousines n'étaient pas femmes à se laisser assassiner sans broncher. Pourtant, loin d'avoir la fougue et l'aplomb de sa sœur, Cathy tremblait tant qu'il l'estima incapable de toucher quelque cible que ce fût. Elle sursauta avec horreur quand elle vit quelque chose bouger non loin d'elle et tendit la bougie pour éclairer la menace. Ses yeux s'agrandirent à l'extrême quand elle vit Stuart, plein de sang, avancer vers elle en se tenant au mur.

Elle se précipita vers lui et, voyant la canne, alla la récupérer pour la tendre à son propriétaire.

— Mais que s'est-il passé, Stuart ?

— Le tueur est venu s'en prendre à Constance.

— Constance ? Mais…

Cathy était perdue. Mary, Henry, Constance… Il n'y avait aucune logique dans cette suite. Le tueur avait-il la fantaisie d'éliminer de façon systématique tous les habitants du manoir Worthington ? Était-il fou ? Ces questions attendraient, elle devait porter assistance à son cousin qui avait été blessé. La porte derrière eux s'ouvrit et, en panique, Cathy tendit son revolver devant elle. Constance sortit de sa chambre pour se retrouver nez à nez avec le canon d'un revolver et hurla comme une damnée. Stuart posa la main sur le revolver de Cathy et le lui prit des mains, ce qui eut pour effet de calmer Constance.

— Donnez-moi cette arme, cousine.

Cathy et Constance se rapprochèrent et s'allièrent dans la peur. Adossé au mur, Stuart se tourna vers le palier. Si le tueur revenait sur ses pas, il avait de quoi le recevoir. Il sentit soudain quelqu'un lui essuyer le visage avec un linge fin. Cathy avait saisi la manche de sa chemise pour lui nettoyer le visage.

— Il faut au moins que vous voyez où vous tirez, dit-elle pour toute justification.

Stuart n'essaya même pas de sourire, tant son visage avait été meurtri. Quand elle perçut du mouvement dans l'escalier, Cathy retourna s'abriter derrière son cousin armé. Elsie et Monsieur Miles revenaient sur leurs pas, bredouilles. Stuart fut soulagé de voir sa cousine réapparaître sans une égratignure. Leur adversaire était un tueur, habile au combat, bien supérieur à n'en pas douter aux capacités combatives d'Elsie et du majordome.

— Il nous a échappé, commença Elsie, mais je vais en avoir le cœur net.

Elsie se jeta sur la chambre la plus proche et frappa à la porte comme une forcenée.

— Levez-vous ! Sortez de vos chambres ! hurlait-elle.

Puis, elle renouvela la manœuvre à la chambre suivante.

— Levez-vous ! Sortez de vos chambres !

Comprenant ce que la jeune femme voulait faire, Monsieur Miles se précipita à l'autre bout du couloir et toqua avec vigueur à toutes les chambres.

— Réveillez-vous, mesdames et messieurs, nous devons nous réunir dans le couloir !

Peu à peu, les membres de la famille apparurent. Édouard, en pyjama, et Victoria, en chemise de nuit, sortirent les premiers, poursuivis par les braillements de leurs enfants.

— Mais, enfin, as-tu perdu la raison ? grogna le frère aîné mal réveillé.

Loin de se préoccuper de son frère, Elsie continuait à marteler toutes les portes qu'elle croisait. Robert et Adélaïde, un châle sur les épaules, les rejoignirent, incapables de comprendre ce qui était en train de se passer. Elsie et Monsieur Miles tambourinaient à toutes les portes pour faire sortir leurs occupants sans autre explication qu'il fallait se réunir dans le couloir… Robert observa les autres membres de la famille et eut un haut-le-cœur quand il vit Stuart en sang. Il se précipita sur lui mais vit Stuart viser quelque chose. Il suivit la trajectoire de l'arme et trouva Albert grimpant l'escalier, armé d'un revolver et habillé comme la veille.

— Mais que se passe-t-il ? s'insurgea Robert.

— D'où venez-vous ? demanda Stuart à Albert sans se préoccuper des récriminations des autres membres de la famille. Albert leva les mains en l'air en signe de paix.

— J'ai décidé de passer la nuit à arpenter le manoir pour veiller sur le sommeil de la famille et des domestiques. Que s'est-il passé ici ?

Soudain, Albert vit le sang sur la manche de Cathy et se jeta sur elle.

— Es-tu blessée ? T'a-t-il attaquée ?

Il relevait la manche de son épouse à la recherche d'une

blessure mais, à son grand soulagement, ne trouva rien.

— Où sont les enfants ? demanda-t-il.

Il se précipita dans leur chambre et trouva les enfants encore endormis, malgré le vacarme que faisaient les adultes juste à côté. Albert revint dans le couloir et fit le compte : Robert, Adélaïde, Constance, Édouard, Victoria, Cathy, Elsie, Stuart, Monsieur Miles et la jeune Anna - la fille cadette d'Arthur et de Beatrice - blottie contre sa nurse.

— Il manque William et Arthur.

Albert rejoignit Elsie et Monsieur Miles pour frapper sans discontinuer aux portes de William et d'Arthur.

— Vous allez finir par vous lever ! Sortez immédiatement ! braillait-il hors de contrôle.

Stuart l'observait avec attention. Il allait devoir demander aux domestiques si l'un d'eux avait croisé Albert lors de sa prétendue ronde de nuit. Dans le cas contraire, Albert allait devenir un suspect de choix. Il était assez vif et musclé pour être l'homme qu'il avait affronté et il avait eu tout le temps nécessaire pour enlever son costume noir avant de revenir. Un léger vertige le saisit. Stuart sentit que son corps était au bord de la rupture. Il devait en finir au plus vite et boire quelque chose, la tête lui tournait trop.

Albert avait mal aux mains à force de frapper aux portes. À l'encontre de toutes les règles les plus élémentaires de la courtoisie, il se résigna à coller son oreille contre la porte de William. Rien. Silence.

— Je n'entends rien… C'est impossible ! Après le raffut que nous avons fait, ils auraient dû se lever.

Un léger déclic fut entendu et, très lentement, la poignée de la porte tourna sur elle-même. Puis, la personne à l'intérieur comprit que la porte était fermée à clé et quelques sons étouffés parvinrent aux membres de la famille réunis dans le couloir.

Voyant que la situation évoluait du côté de William, Elsie reprit de plus belle le harcèlement d'Arthur et de Beatrice.

Après un moment, William parvint enfin à ouvrir sa porte, en pyjama, vaseux et blanc comme un linge. Alice, debout derrière lui en chemise de nuit, tenait à peine sur ses jambes. Ils regardaient l'assemblée dans le couloir avec consternation et incompréhension.

— J'espère que vous avez une bonne explication ! s'insurgea Albert.

Comme dans un mauvais rêve, William fixa l'hurluberlu qui venait de l'extraire de son sommeil sans comprendre un traître mot de ce qu'il pouvait dire. Il voyait bien la bouche d'Albert bouger devant lui, il percevait certains sons mais rien ne faisait sens dans tous ces éléments. Il estima toutefois nécessaire de fournir la seule explication qui lui venait. Le laudanum.

— Je ne… comprends rien. Nous avons… pris du… laudanum et…

Exaspéré, Albert leva les yeux au ciel et, plantant sur place William et Alice, se dirigea d'un pas décidé vers la porte d'Arthur et tenta de l'ouvrir. La poignée résista encore une fois. Soudain, il sentit une rage déferler en lui et se jeta sur la porte pour la fracasser à grands coups de pieds. Une planche s'enfonça d'abord, puis deux. Pris d'une frénésie destructrice, Albert s'acharna sur le bois à côté de la serrure et parvint à réduire à néant l'obstacle malvenu. Il entra dans la chambre, revolver en main, aussitôt suivi par Monsieur Miles, Elsie et Stuart, pressant son mouchoir blanc sur son front. Sans parvenir à en croire leurs yeux, ils trouvèrent Beatrice toujours endormie d'un sommeil de plomb… voire plus lourd que le plomb.

— Puis-je savoir ce qu'il vous prend ? grinça la voix d'Arthur.

Albert, Elsie et Monsieur Miles se retournèrent comme un seul homme pour faire face à celui qui était pourtant supposé occuper la chambre. Drapé dans une large robe de chambre à l'étoffe précieuse, Arthur leur faisait face, l'air peu satisfait de leur entrée fantaisiste.

— Pourquoi as-tu tant tardé à ouvrir ? grogna Elsie.

La jeune femme était de fort méchante humeur. Elle s'était battue avec le tueur, s'était lancée à sa poursuite avec du retard et n'était donc pas parvenue à le rattraper. Toutefois, dans un espoir un peu fol, elle avait cru pouvoir le démasquer en obligeant les membres de la famille à sortir dans le couloir. Celui qui manquerait serait le tueur... Et ils étaient tous là... Avec plus ou moins de retard mais ils étaient tous là.

— Vous me voyez désolé du délai qu'il m'a fallu pour répondre à vos imprécations mais ma chère Beatrice a pris de l'opium pour ses nerfs. Comme c'est elle qui a fermé la porte à clé, rangeant ladite clé dans un endroit où seul son esprit dérangé peut trouver logique de le faire, je n'ai pas pu vous ouvrir. J'étais d'ailleurs à la recherche de cette clé quand vous avez défoncé ma porte comme des sauvages.

Stuart passa sa main sur la serrure intérieure de la porte. La clé manquait... Ce geste rapide n'avait pas échappé à Arthur qui en conçut la plus vive indignation. Il fulminait alors qu'Elsie le regardait avec attention. Toutefois, la pénombre cachait son visage.

— C'est quand même curieux que ta femme ne se réveille pas avec tout le vacarme que nous avons fait, s'étonna-t-elle.

Beatrice se redressa avec difficulté dans son lit. Elle regardait d'un air ahuri tous ces gens en train de discuter dans sa chambre à coucher, comme si un tel comportement pouvait être normal. Albert la regarda avec un mélange de mépris et de compassion. Il ne donnait pas plus de deux ou trois ans à cette femme pour devenir l'une de ces épaves qui encombraient les cabinets des quelques spécialistes acceptant de les soigner.

— Bien, conclut-il, il nous faut en conclure que l'ennemi vient de l'extérieur.

Stuart s'approcha d'Arthur. La chambre était trop sombre pour voir avec précision comment était habillé son cousin.

— Verriez-vous un inconvénient à ouvrir votre robe de

chambre, cousin ? demanda-t-il.

Arthur eut un mouvement de recul.

— Oui. Je ne vois pas pourquoi je devrais me soumettre à cette mascarade.

Albert mit aussitôt en joue Arthur. La réponse lui déplaisait fort.

— Je me vois dans l'obligation d'insister, Arthur, dit-il d'un ton sec et sans réplique possible.

Arthur en eut le souffle coupé. Ces énergumènes hurlaient, tambourinaient à sa porte en pleine nuit, entraient de force dans sa chambre et exigeaient sous la menace d'une arme qu'il ouvrît sa robe de chambre. Toutefois, la fureur dans laquelle se débattait Albert était quasi palpable. Il obtempéra donc, non sans se plaindre du traitement indigne qu'il subissait. Un pyjama sombre apparut. Albert releva aussitôt son arme vers le plafond.

— Je vous présente mes plus plates excuses, Arthur, dit-il. Toutefois, vous comprendrez que, dans les circonstances actuelles, la mauvaise volonté ne soit pas tolérable.

Arthur refermait sa robe de chambre et s'offensa :

— Votre arme n'était tout de même pas chargée, n'est-ce pas ?

Albert posa un regard glacial sur le cousin de son épouse.

— Bien sûr que si. J'ai une femme, deux enfants et un meurtrier rôde autour de nous. N'étant pas homme à laisser assassiner ma famille, mon arme est chargée.

Stuart observait encore et toujours Arthur et la chambre. Quelque chose le dérangeait mais quoi ? Il devait vite trouver une solution car chacun allait se retirer dans sa chambre et il garderait un goût d'inachevé pendant les jours à venir. *Quelque chose dans la chambre...*

— Il fait frais dans votre chambre, remarqua-t-il soudain.

Elsie s'intéressa à l'air ambiant. Il faisait frais, même très frais alors que la fenêtre était fermée...

— C'est vrai, enchaîna-t-elle. Vous dormiez la fenêtre ouverte ? Ce n'est pas très prudent avec un tueur dans les parages.

— Je vous rappelle que nous sommes au premier étage, cousine... avança Arthur pour seule défense.

Stuart, le mouchoir toujours sur le front, se dirigea clopin-clopant vers la fenêtre et l'ouvrit. Il observa quelques instants l'extérieur puis referma.

— Je vous remercie de votre patience, Arthur, et vous souhaite une bonne fin de nuit.

Stuart quitta la pièce en boitant fortement malgré le soutien de sa canne. Elsie lui tendit alors le bras et, après une hésitation, il accepta son aide, s'appuyant aussi sur elle pour sortir. Albert lança un dernier regard sombre à Arthur et quitta la pièce avec Monsieur Miles.

◆ ◆ ◆

Dans le couloir, désormais à nouveau vide et tranquille, la surveillance de la chambre d'Henry avait repris. Deux domestiques veillaient. Rose et Simon avaient succédé à Juliane et Monsieur Miles, à la nuance près que Simon était armé d'un fusil de chasse dont il savait se servir.

Albert et Édouard avaient convenu qu'ils ne pourraient plus fermer l'œil de la nuit et qu'ils seraient plus utiles à faire des rondes dans le manoir ensemble que de tourner inutilement dans leurs lits dans l'attente de quelques minutes de repos. Arrivés à l'étage, ils vinrent saluer Rose et Simon puis repartirent, Édouard éclairant leur route avec une lampe-tempête. Ils regagnèrent ensuite le rez-de-chaussée pour rallier Peter et la stricte intendante des lieux, Madame Travis, une petite femme sèche aux yeux vifs. Ces deux derniers s'étaient vu confier la garde du bureau d'Henry pour le reste de la nuit. Après un salut courtois, la lanterne d'Édouard s'enfonça vers le quartier des domestiques.

Chapitre 7

A près une nuit de tempête, le jour apportait enfin une accalmie. Le parc avait subi de très nombreux dégâts, des arbres même n'avaient pas résisté à la violence des vents et gisaient au sol, les racines dressées vers le ciel dans une forte odeur d'humus. Les haies de buis traçant avec élégance les contours d'un jardin sophistiqué avaient elles aussi subi les affres des vents tourbillonnants et de la pluie glacée. Conrad, le jardinier, un rude gaillard d'une cinquantaine d'années, était à pied d'œuvre depuis l'aube et faisait le tour de la propriété pour évaluer au plus tôt les travaux prioritaires. Robert, qui savait ne pas pouvoir compter sur William avant de nombreuses heures, avait rejoint le jardinier et discutait avec lui. À sa grande déconvenue, quelques fenêtres du manoir avaient été brisées malgré les protections. Au sol, les débris les plus divers s'étaient assemblés en tas, poussés et agglutinés tous ensemble contre les murs de la bâtisse principale. Pourtant, ces dégâts ne retenaient pas pour le moment l'attention de Robert et de Conrad qui regardaient avec dépit un arbre imposant précipité au sol et barrant de toute sa masse la seule route d'accès au manoir.

— Si Monsieur le permet, je vais commencer par couper cet arbre.

— Oui, bien sûr, Conrad, répondit Robert. N'hésitez pas à faire appel au personnel du manoir pour vous aider. Cette tâche dépasse de beaucoup la capacité d'un seul homme.

Robert se tourna vers le parc et s'éloigna. Conrad le regarda partir avec une étrange moue sur le visage.

— Soyez prudent, Monsieur, les branches continuent à tomber.

Robert ralentit son pas, observa la cime des arbres et reprit sa marche.

— Merci, Conrad, je serai prudent. Je vais juste faire un tour pour évaluer les dégâts.

Robert s'enfonça dans le parc et disparut.

É douard, de larges cernes sous les yeux, prenait son petit-déjeuner en compagnie de son épouse Victoria, qui le couvait des yeux. Sans qu'elle ait eu le temps de le lui dire, Victoria était très fière de son mari qui, face au danger qu'ils couraient, avait pris sa part dans la défense de la famille. Les deux époux conservaient le silence, pour écouter la conversation fort animée de leurs deux voisins, Stuart - dont le haut du front était marqué d'une bosse magistrale ornée d'une plaie - et Albert. Édouard les écoutait avec attention et, aux termes d'une analyse des éléments à sa disposition, il en conclut que Victoria et les enfants partiraient dès que cela serait possible. Les dégâts dans le parc et, au-delà, sur la route allaient retarder leur départ mais sa famille ne resterait pas une minute de plus que nécessaire à la portée d'un tueur aussi audacieux. Dès l'aube, Robert avait envoyé deux domestiques chercher la police et Édouard se dit qu'il serait maladroit de faire partir sa famille avant que ces gentlemen ne soient arrivés et leur aient donné l'autorisation de quitter les lieux. Quant à sa personne, il ne se faisait guère d'illusion et se doutait qu'en tant qu'homme dans la force de l'âge, il faisait partie de la liste des suspects. Édouard en était à ce point de ses réflexions lorsqu'Elsie entra dans la salle à manger. Alors qu'elle s'approchait d'eux pour les saluer, Édouard se leva avec solennité, ce qui mit aussitôt la jeune femme sur ses gardes. Qu'allait donc encore lui reprocher son aîné ?

— Elsie, ma chère, je tenais à te remercier pour ton intervention de la nuit dernière. En combattant ce monstre, arme au poing, tu as sauvé la vie de notre cousin Stuart et peut-être les nôtres aussi.

Victoria acquiesça en versant une larme. Elle avait été si choquée d'apprendre qu'un tueur s'était promené devant la porte de sa chambre et que sans l'intervention de Stuart puis d'Elsie, ce monstrueux personnage aurait sans doute assassiné la pauvre Constance dans son sommeil, qu'elle n'en avait pas dormi de la nuit. Victoria, qui avait toujours considéré la plus jeune sœur de son époux comme une étrange créature ne sachant pas tenir son rôle, eut matière à réflexions pendant cette longue nuit d'insomnie. Certes, Elsie était plus vive et plus énergique que ce qu'il convenait à une femme du monde mais cette grande énergie et la force, que lui avaient donnée la nature et des années d'entraînement, lui avaient permis de repousser un tueur. Victoria eut tout le loisir de réfléchir au peu d'utilité de sa personne dans une telle situation. Lorsqu'Édouard était réapparu après sa nuit de ronde en compagnie d'Albert, les deux époux avaient discuté avec sérieux d'Elsie et de sa volonté de continuer l'escrime et le tir, volonté qu'ils avaient coutume de combattre à la moindre occasion. Suivant le même fil de pensée que son épouse, Édouard continua :

— J'ai toujours été opposé aux cours d'escrime que père te faisait donner et j'ai pris conscience de l'importance de mon erreur hier soir. Je te présente donc mes excuses les plus sincères pour tout ce que j'ai pu te dire à ce sujet.

Elsie, abasourdie, resta debout, comme figée, ne sachant comment réagir. Soudain, Édouard s'approcha d'elle et la serra un court instant dans ses bras. Puis, très solennel, il repartit s'asseoir. Stuart et Albert sourirent, la stupéfaction d'Elsie étant si visible qu'elle en était comique. Après un instant de plus, elle se remit de ses émotions, reprit contenance devant le buffet et se servit une belle assiette.

Puis elle s'assit à côté de Stuart et observa son énorme bosse avec compassion.

— Ma chère Elsie, vous avez fait des émules hier soir, intervint Albert. Cathy a décidé de reprendre des cours d'escrime et d'apprendre à tirer au revolver.

Elsie reprit son air de stupéfaction qu'elle venait à peine de quitter.

— Elle qui a toujours détesté l'escrime… souffla-t-elle.

— Certes mais la perspective d'être désarmée face à un tueur qui en voudrait à la vie de ses enfants lui a fait considérer cet enseignement sous un autre jour.

Elsie fit une moue d'approbation. Il était vrai que l'argument était convaincant. Pour sa part, et quoiqu'en disaient les membres de sa famille, elle ne cesserait pas de s'adonner à ces activités viriles.

— Vous êtes vraiment une jeune femme pleine de ressources, ma cousine, dit Stuart.

Elsie se tourna vers lui, heureuse de ce compliment, et lui sourit de toutes ses dents.

— Et encore, cousin, vous ne m'avez pas vue tirer au revolver !

Stuart rit de bon cœur, bientôt suivi par Albert et Édouard. Victoria, quant à elle, semblait pensive et observait Elsie, comme si elle la voyait pour la première fois.

Juste après le petit-déjeuner, Stuart et Elsie sortirent du manoir. Stuart voulait à toute force se rendre compte par lui-même de la configuration des pièces au rez-de-chaussée et à l'étage. La veille n'avait pas offert un instant de répit, les vents s'étant déchaînés toute la journée, et Stuart n'avait pas eu l'occasion de poursuivre ses investigations à l'extérieur. Pourtant, dès leurs premiers pas dehors, les deux cousins comprirent que, sauf miracle, il ne resterait plus aucune trace d'un quelconque méfait. Non loin d'eux, Conrad, Peter et Simon, armés de haches, s'attaquaient à l'arbre barrant le chemin. Les branches annexes avaient déjà disparu sous les coups répétés des trois hommes, restaient le tronc et les branches principales. Environné des chocs répétitifs des haches contre le bois, Stuart s'éloigna du manoir et l'observa sous un angle plus global. Le bâtiment était d'importance et, en se tenant trop près de lui, l'observateur se condamnait à une vue partielle. Elsie, qui connaissait la résidence familiale dans ses moindres recoins, laissait Stuart à ses observations, tandis qu'elle se contraignait à un tout autre exercice : la garde. La jeune femme tenait contre elle un sac ouvert sur le côté et plongeait sa main à intervalle régulier dans le tissu. Ce détail n'avait pas échappé à Stuart. Il se doutait de ce que dissimulait le sac mais il ne pouvait pas en faire le reproche à sa cousine, pas après les événements de la veille !

Stuart se rapprocha du manoir et examina avec soin toutes les fenêtres du rez-de-chaussée endommagées par la tempête. En tout, trois fenêtres avaient cédé sur la façade principale. Stuart observait le sol près des murs et entreprit de faire le tour du manoir, à la recherche de traces, s'il en restait... Elsie, sur le qui-vive, le suivait, regardant moins le sol que les alentours. Ils tournèrent autour de la demeure quand, soudain, Stuart s'arrêta net, tendant le bras pour bloquer Elsie. Celle-ci intriguée, regarda par terre. De nombreux débris de verre jonchaient le sol. Stuart leva les yeux vers les murs et fit claquer sa langue contre son palais avec contrariété.

— Intéressant. C'est la seule fenêtre qui ait cédé sur cette façade et les débris sont tombés à l'extérieur.

— Elle a été cassée depuis l'intérieur? demanda Elsie.

— Je dirais plutôt que quelqu'un l'a laissée ouverte et que le vent s'est chargé de la briser. Regardez les traces de coups sur la peinture du battant...

Stuart désignait plusieurs endroits où des chocs répétés avaient arraché la peinture blanche des fenêtres. Stuart s'intéressa alors au sol avec une grande attention.

Progressant avec méthode, il partit d'un demi-cercle imaginaire tracé juste sous la fenêtre cassée du rez-de-chaussée et avança peu à peu, agrandissant son champ d'investigation à chaque nouveau pas. Il trouva, sous une petite plante écrasée, deux traces de pas enfoncées dans le sol. *Il s'est jeté par la fenêtre et a atterri là... Sacré bond...*

— C'est bien par là qu'il est sorti, dit-il en désignant les empreintes à Elsie. Voyons où il est allé ensuite.

Avec patience et détermination, Stuart suivait la piste. La tempête ne l'aidait pas dans ses recherches. Les branches brisées recouvraient le sol et avaient endommagé les traces laissées par le tueur. Il en trouva pourtant une qui le redirigea vers le manoir. Quand le tueur avait changé brusquement de direction, sa précipitation lui avait fait arracher plusieurs touffes d'herbes et son pas suivant, en direction du manoir, avait laissé une trace plus profonde dans la terre détrempée. *Il a glissé et s'est rattrapé de justesse.* La difficulté consistait désormais à retrouver la trace de ce cher tueur. Il semblait à Stuart que les pas devaient le mener vers l'arrière du bâtiment mais il ne trouvait plus de traces tangibles du passage de leur adversaire. Stuart était revenu au pied du manoir sans rien trouver d'autre. Il se mit alors à examiner la façade dans ses moindres détails. Son regard se figea sur une plaque de mousse recouvrant un rebord de fenêtre et dont le milieu avait été arraché.

— Il faudrait que nous puissions observer cette mousse de plus près, marmonna-t-il.

Se tournant vers sa cousine, qui l'observait avec curiosité autant qu'elle surveillait les alentours, il lui montra l'endroit qui l'intéressait.

— Je vais demander à Conrad qu'il nous prête l'une de ses échelles, conclut-elle. En attendant, prenez ça.

Elsie sortit de son sac un revolver de poche et le plaça dans la main de son cousin. Avant que Stuart n'ait eu le temps de dire quoi que ce fût, Elsie disparaissait au coin du manoir. La jeune femme avait dû être plus impressionnée qu'il ne le supposait pour se promener ainsi avec deux revolvers sur elle. En outre, elle devait le prendre pour un gentil benêt pour imaginer, ne serait-ce qu'un instant, qu'il avait pu négliger de s'armer avec sérieux après l'épisode de la veille. Stuart sourit malgré lui, Elsie était vraiment une charmante personne… dangereuse mais charmante.

Quelques instants plus tard, Conrad et Peter passaient l'angle du bâtiment en manœuvrant avec difficulté une grande échelle. Suivant les indications de Stuart, les deux hommes appliquèrent l'échelle sous la plaque de mousse, qui préoccupait l'enquêteur provisoire. Pendant qu'Elsie les rejoignait, Conrad, qui n'avait pas encore eu l'occasion de croiser Stuart, le dévisagea sans vergogne. Stuart observa donc en retour l'homme dont il avait entendu parler à plusieurs reprises. Un peu frustre, solide et musculeux, Conrad pouvait être le genre de personnage capable d'étrangler une vieille dame qui l'aurait gêné…

— Je ne suis pas certain que l'échelle soit assez haute, Monsieur, mais c'est la plus haute que j'aie, dit le jardinier avec une amabilité que ne laissait pas supposer son apparence.

— Merci, Conrad, c'est déjà fort aimable à vous de m'aider ainsi alors que la tâche ne manque pas.

Conrad opina du chef.

— Si cela ne vous dérange pas, Monsieur, je souhaiterais retourner à l'arbre, sinon, nous n'aurons jamais fini avant la fin de la journée.

— Faites ce que vous devez faire et je vous remercie encore de votre peine.

Conrad toucha sa casquette en laine en signe de congé, puis il repartit d'un bon pas, suivi par Peter, plus taiseux que jamais. Quand les deux hommes eurent disparu, Elsie se rapprocha de Stuart.

— Savez-vous que nous nous trouvons juste entre les fenêtres d'Arthur et de William ? précisa-t-elle.

— Je sais. Je me suis repéré hier soir en regardant par la fenêtre d'Arthur.

Stuart posa sa canne et monta à l'échelle, un barreau à la fois. Consciente de l'instabilité de la manœuvre, Elsie se saisit de l'objet et le tint d'une main ferme. Arrivé au sommet, Stuart se retrouva bien au-dessous de la plaque de mousse. Toutefois, il pouvait tout de même l'observer de beaucoup plus près et scruta la façade. Une fois ses observations faites, il redescendit en prenant les mêmes précautions que pour la montée, parvint au sol sans dommage et récupéra sa canne.

— Alors ? s'enquit Elsie.

— Si je devais faire une supposition sur la manière dont cette mousse a été arrachée, j'opterais pour un pied qui glisse. Toutefois, nous ne pouvons pas savoir si cette trace date d'hier ou de quelques jours auparavant. La tempête a nettoyé toutes les empreintes et autres éléments qui auraient pu nous aider. Une fois de plus, nous n'avons que des soupçons, pas de preuves.

Acharné, Stuart reprit son observation des abords du manoir puis, se souvenant du revolver qu'Elsie lui avait confié, il le retira de sa ceinture et le tendit à sa cousine.

— Vous pouvez le garder, j'en ai un autre, précisa-t-elle.

— Ne vous inquiétez pas pour moi, Elsie, j'ai ressorti ma propre arme. Hier soir, j'ai fait l'erreur de sous-estimer notre tueur, je ne referai pas deux fois la même erreur.

La jeune femme rempocha son revolver, sous le regard amusé de son cousin. *Une drôle de petite dame.* Tous deux repartirent après avoir reposé l'échelle contre le mur.

◆ ◆ ◆

En rentrant, Stuart et Elsie se mirent en quête de Monsieur Miles, le majordome. D'aussi loin qu'elle s'en souvienne, la jeune femme avait toujours vu le majordome régner sur le manoir. Dans ces conditions, qui mieux que lui pouvait répondre à leurs questions ? Les deux enquêteurs eurent de la chance et trouvèrent leur homme dans le salon, en train d'organiser la réparation d'une fenêtre cassée. À côté de lui, deux bonnes nettoyaient les dégâts occasionnés par les orages. Profitant de la fenêtre brisée, les feuilles arrachées, les brindilles fracassées et autres débris s'étaient engouffrés dans la pièce et jonchaient désormais le sol. Quand le majordome les vit entrer, il se tourna vers eux, conscient que cette visite lui était adressée.

— Je souhaitais vous demander de laisser la fenêtre donnant sur la façade arrière du manoir en l'état pour que la police puisse l'examiner, commença Stuart.

— Très bien, Monsieur.

— Auriez-vous un peu de temps à nous accorder, Monsieur Miles ?

Le majordome regarda autour de lui et hésita un instant. Il sentait que cette conversation n'aurait rien de formel. Il ne pouvait décemment pas parler en toute liberté devant les autres domestiques. Les histoires des maîtres ne devaient être confiées qu'à de rares personnes de confiance.

— Si vous voulez bien me suivre, la salle à manger sera probablement un lieu plus adéquat.

Sans qu'elles eussent bougé, il sentit la plus vive désapprobation émaner des deux bonnes qui, tout en continuant à nettoyer la pièce, avaient espéré apprendre quelques détails croustillants sur la vie de leurs maîtres. Monsieur Miles ouvrit la porte communiquant avec la salle à manger et céda le passage à Elsie et Stuart.

Comme il l'espérait, Monsieur Miles trouva la salle à manger vide à cette heure-là. Il referma la porte avec soin derrière eux et entraîna les deux enquêteurs à l'opposé de la pièce, afin de se prémunir contre toutes indiscrétions. Stuart songea que le majordome connaissait son monde, ce qui était précisément ce qu'il recherchait pour son enquête.

— Monsieur Miles, je souhaiterais savoir depuis combien de temps, vous êtes au service de la famille Worthington ?

— Cela fera bientôt trente-huit ans, Monsieur.

— Parfait, vous êtes celui qu'il nous fallait. Pouvez-vous nous parler de Conrad Worthington, le père d'Henry.

Monsieur Miles eut l'air surpris. Il ne pensait pas que la première question porterait sur le patriarche fondateur mais, après tout, qui était-il pour juger des méthodes d'un ancien officier de l'armée de sa Majesté la reine ?

— Bien sûr, Monsieur. Monsieur Conrad Worthington était un homme d'affaires habile, un homme dur mais, j'aime à le croire, juste.

— Quelles étaient ses relations avec son épouse Charlotte ?

Monsieur Miles ne prit pas la peine de réfléchir avant de répondre :

— Lorsque je suis arrivé au manoir, Monsieur et Madame étaient déjà mariés depuis plus de 20 ans et, pour répondre à votre question, ils se détestaient mutuellement.

— Savez-vous pourquoi ?

Monsieur Miles eut un moment d'hésitation. Il ne s'était jamais posé la question en ces termes… Ou, du moins, pas depuis de très nombreuses années.

— Non, Monsieur. Je l'ignore mais Madame Travis pourra peut-être vous répondre. Elle a été pendant quelques années la femme de chambre de Madame Charlotte Worthington.

— Merci, Monsieur Miles.

Le majordome se détendit. Il avait craint des questions bien plus embarrassantes, notamment sur la nouvelle génération des Worthington. Il était toujours si déplaisant de parler des personnes que l'on côtoyait au quotidien…

— Si je devais espionner le bureau de feu Monsieur Henry Worthington, comment devrais-je m'y prendre ? demanda Stuart à brûle-pourpoint.

Monsieur Miles resta quelque peu interdit face à cette question.

— Et bien, Monsieur, je pense que vous devriez passer par le grenier. Il existait une trappe donnant sur le bureau de Monsieur.

Le regard de Stuart brilla avec un peu plus d'intensité que d'habitude.

— Une trappe ?

— Oui, Monsieur, une trappe ou, pour être précis, il y en a plusieurs mais l'une d'elles donne sur le bureau de feu Monsieur Worthington. Cependant, je pense qu'elle est condamnée depuis plusieurs années.

— Très bien, Monsieur Miles. Je vous remercie. Pouvez-vous nous envoyer Madame Travis, s'il vous plaît ?

— Mais certainement, Monsieur.

Le majordome quitta la pièce d'une démarche un peu raide. Cette dernière question l'avait contrarié et il ignorait pourquoi. Elle était pourtant logique… Sa loyauté envers la famille Worthington l'avait-elle aveuglé ? Il l'ignorait mais il allait devoir réfléchir et rechercher dans ses souvenirs ce que cette question avait évoqué en lui. Il pourrait peut-être ainsi apporter sa pierre à l'édifice de l'enquête.

Peu de temps plus tard, alors que Stuart et Elsie s'étaient installés sur des chaises, Madame Travis, l'intendante, entra dans la salle à manger. À son arrivée, Stuart se leva sans attendre et observa cette stricte femme, à l'air sévère, qu'il n'avait pas encore eu l'occasion de rencontrer. Petite et sèche, Madame Travis n'avait rien pour retenir l'attention, à l'exception notable de ses yeux. Un regard vif et aiguisé qui vous transperçait dès qu'elle vous fixait.

— Madame Travis, je vous remercie d'être venue si vite.

— Je vous en prie, Monsieur. Que puis-je pour vous ?

Elle se tenait droite, sûre d'elle.

— Je souhaiterais que vous nous parliez de Charlotte Worthington, notre grand-mère.

— Bien, Monsieur, mais quelle sorte de renseignements souhaitez-vous avoir ?

— Pourquoi détestait-elle son mari et son fils aîné alors qu'elle semblait attachée à son cadet et à sa fille ?

La stricte Madame Travis vacilla devant la rudesse de la

question. Comment un gentleman pouvait-il faire montre d'une telle indélicatesse ? Parce qu'il enquêtait… C'était une raison valable.

— Je ne saurais vous le dire, Monsieur, je ne suis entrée à son service que cinq ans avant sa mort. Toutefois, vous trouverez peut-être les réponses à vos questions dans son journal.

— Son journal ? s'étonna Elsie.

— Oui, Miss Elsie, Madame avait pris l'habitude d'écrire un journal. Elle y travaillait une à deux heures par jour mais, à ma connaissance, il n'a jamais été retrouvé.

— Avez-vous une idée d'où il peut se trouver ? questionna Stuart.

— Il doit encore être dans l'ancienne chambre de Madame… celle de Madame Constance désormais.

Quelque chose s'articula dans l'esprit d'Elsie. *Constance ?*

— Qui peut savoir que notre grand-mère écrivait un journal ? demanda-t-elle aussitôt.

— Ce n'était pas un secret. À mon avis, un peu tout le monde.

— Très bien, Madame Travis, je vous remercie pour votre aide, conclut Stuart.

— Je vous en prie, Monsieur.

Madame Travis les salua d'un geste bref et quitta la pièce, d'un pas pressé. Stuart attendit d'être sûr de son départ pour reprendre la parole à voix basse.

— À quoi avez-vous pensé, Elsie ?

— Ce n'était peut-être pas Constance qui était visée hier soir. C'était peut-être le journal.

Stuart hocha la tête avec intérêt.

— Ce journal pourrait se révéler fort utile, dit-il, mais, pour le moment, je serais curieux d'aller voir cette trappe.

Elsie haussa les épaules. Peu importait par quel bout ils allaient prendre l'affaire tant qu'ils suivaient toutes les pistes. Elle se précipita aussitôt pour replacer les chaises autour de la table à manger, avant que Stuart n'ait pu la rejoindre. Stuart comprenait la sollicitude de sa cousine mais il protesta indistinctement sans pour autant impressionner la jeune femme. Elsie avait été tant rabrouée au cours de son existence que les petites rebuffades de Stuart ne la préoccupaient pas plus qu'un moucheron obstiné. Maugréant et ombrageux, il la suivit hors de la pièce.

◆ ◆ ◆

D ans le grenier, la pénombre n'était brisée que par de rares percées du jour à travers les lucarnes occultées le temps de la tempête. L'atmosphère était lourde et poussiéreuse. La porte pivota sur elle-même, sans un grincement, pour céder le passage à Elsie, montée la première en compagnie de son revolver. Elle bloqua la porte de son pied, scrutant la pénombre à la recherche d'un potentiel ennemi. Stuart la rejoignit avec force difficultés, l'escalier était trop raide pour lui.

— Vous auriez dû m'attendre avant d'ouvrir la porte, Elsie !

— Je ne suis pas une petite fille, Stuart ! s'indigna-t-elle.

Elle attendait un peu plus de considération d'un homme qu'elle avait sauvé la veille au soir !

— Ce n'est pas ce que j'ai dit. En revanche, vous n'êtes pas invincible. L'homme que nous recherchons est dangereux.

Stuart parvint enfin dans le grenier et prit un temps de pause. Comme il s'y était attendu, il n'y avait aucun endroit où il pouvait se reposer. Elsie laissa la porte se refermer dans un mouvement bien huilé. Stuart observa la porte claquer sans un grincement, sans la moindre trace d'usure.

— C'est bien la première fois qu'une porte de grenier ne grince pas… remarqua-t-il.

Elsie s'approcha de l'une des lucarnes et enleva le voile qui l'occultait dans un tourbillon de poussières. Le jour pénétra à travers l'atmosphère poudreuse, éclairant un peu plus les observations de Stuart. Il passa un doigt sur les gonds et sourit tout en grognant. Il montra l'extrémité huilée de son index à Elsie.

— De la poussière partout mais de l'huile en abondance dans les gonds… Un peu étrange, n'est-ce pas ?

Éclairés par la lucarne, Stuart et Elsie se séparèrent en veillant à ne pas effacer le plus petit indice qui pourrait croiser leur chemin. Ils tournaient dans le grenier, à la recherche d'ils ne savaient quoi, mais étaient certains que l'une des pièces du puzzle se trouvait dans ce lieu. Peu après, Stuart se pencha en avant, manquant de peu perdre l'équilibre. Des traces en demi-cercles partaient du coin d'un lourd coffre.

— Pouvez-vous venir m'aider à tirer ce coffre, Elsie ?

La jeune femme s'approcha avec précaution, puis aida Stuart à traîner la caisse en respectant les marques au sol. Une trappe apparut dans le plancher. Stuart s'empara de la poignée et tira avec force mais la trappe n'opposa aucune résistance. La surprise et la trop grande force exercée déstabilisèrent Stuart, qui n'évita la chute qu'avec l'aide d'Elsie. Elle parvint à saisir son cousin par le col de sa veste et à le retenir. Une fois Stuart de nouveau solidement campé sur ses jambes, elle se pencha par la trappe et observa le bureau d'Henry au-dessous d'elle.

— Si oncle Henry pensait pouvoir gérer ses affaires en secret, il s'est trompé…

Elle remonta dans le grenier et se releva.

— Toutes les discussions qu'il a eues dans son bureau ont pu être écoutées, marmonna Stuart plus pour lui-même que pour Elsie.

Il restait pensif. Il acquiesça vaguement quand sa cousine lui demanda si elle pouvait refermer la trappe. Il la laissa replacer le coffre seule sans regimber, ce qui la surprit. D'après ce qu'elle avait vu, son cousin était l'exemple même de la courtoisie… sauf lorsqu'il réfléchissait selon toute vraisemblance. Stuart ne s'éveilla de ses pensées que lorsqu'il vit Elsie reprendre les recherches dans le grenier. Il lui prêta alors main-forte pour fouiller avec application le moindre recoin.

◆ ◆ ◆

S tuart avait besoin d'une pause. Des élancements réguliers le fouaillaient depuis la hanche jusqu'aux orteils. Il savait qu'il ne devait pas insister davantage sous peine de devoir prendre du laudanum et de perdre une bonne partie de ses facultés intellectuelles. Il ne disposait pas du temps nécessaire à ce genre de traitement.

Quand Stuart et Elsie entrèrent dans le salon, ils trouvèrent Adelaïde et Cathy au comble de l'angoisse, assises toutes deux sur l'un des canapés, se tenant l'une l'autre les mains. Autour d'elles, Victoria faisait les cent pas. La jambe de Stuart devrait attendre…

— Que se passe-t-il ? demanda-t-il.

Adélaïde se tourna vers lui avec désespoir.

— Robert a disparu. Il est parti tôt ce matin dans le parc mais n'est pas revenu. Albert, Édouard et Monsieur Miles sont partis à sa recherche.

Elsie repoussa loin d'elle la peur qui voulait tordre ses entrailles. Elle devait penser, elle devait agir.

— Où sont William et Arthur ? intervint-elle.

Cathy, très pâle, resserra sa main sur celle de sa mère.

— Dans la salle à manger avec Madame Travis. Après votre agression, Albert n'a pas pu se rendormir et a décidé de les surveiller. Il ne les a pas quittés de toute la matinée et a exigé qu'ils restent dans le manoir pendant les recherches.

Stuart se dirigea vers la porte d'un pas vif. La nécessité de l'action lui faisait oublier la douleur mais il savait que sa jambe se vengerait plus tard. Au moment où il posait la main sur la poignée, la porte s'ouvrit. Albert apparut, livide.

— Stuart, c'est vous que je venais chercher.

Adelaïde se leva, se tordant les mains d'angoisse.

— Albert, dites-moi ce qui est arrivé à mon mari.

Mal à l'aise, Albert fit face à Adélaïde, Cathy et Elsie.

Stuart n'attendit pas l'annonce, il se précipita dehors. Albert articula avec peine ce qui lui venait à l'esprit de moins choquant :

— Mesdames, je suis au regret de vous annoncer que père est mort. Il a reçu une branche d'arbre sur la tête. Je vous présente mes plus sincères condoléances.

À ces mots, Albert se retourna, franchit la porte sans la refermer. Il savait qu'il aurait dû prendre le temps d'être présent pour son épouse, sa belle-mère et ses belles-sœurs. Il savait qu'il allait se reprocher cette précipitation peut-être toute sa vie mais il ne pouvait pas être compatissant. Pas à ce moment où un tueur fou rodait et assassinait les membres de sa belle-famille les uns après les autres. Il devait agir.

Derrière lui, Adélaïde s'écroula dans le canapé, en état de choc. Cathy et Elsie s'assirent tant bien que mal à côté de leur mère, incapables du moindre mouvement. Victoria, qui s'était arrêtée de marcher, se tourna vers le buffet où une bouteille de whisky scellée attendait d'être ouverte. Elle prit un couteau, fit sauter le sceau en cire, déboucha la bouteille et servit avec générosité quatre verres.

Chapitre 8

L e soleil était à son zénith et rendait au parc un peu de sa splendeur malgré les branches et débris qui jonchaient le sol. Guidé par Albert, Stuart arriva sur les lieux de la mort de Robert, où Monsieur Miles et Simon veillaient sur lui. Stuart savait qu'il devait focaliser son esprit sur le nouveau meurtre qui venait d'être commis. Il ne doutait pas une minute que le meurtrier avait tenté de dissimuler son crime sous les atours d'un accident mais il ne lui laisserait pas cette opportunité d'échapper à la justice. Stuart examina le corps sans vie de Robert et en fut profondément peiné. Il appréciait l'homme qui venait de disparaître mais ne devait pas se laisser troubler par ses sentiments. *Des observations objectives, Stuart.* Robert gisait sur le chemin traversant le parc, le crâne fracassé, une grosse branche reposant sur sa tête. Stuart étudia le corps avec attention. Il dut s'agenouiller à plusieurs reprises, sa jambe blessée refusant de se plier d'une quelconque manière à ce nouvel exercice. Chaque mouvement qu'il faisait pour s'accroupir ou se baisser afin de scruter le moindre détail de cette scène épouvantable le mettait au martyre. Pourtant, il savait que ni dans une heure, ni dans deux heures, ni plus tard dans la journée, il n'aurait le loisir de soulager ses douleurs grâce à son calmant habituel. Le tueur paniquait et accélérait le rythme de ses crimes. Stuart souleva un peu la branche reposant sur le crâne de Robert. Il scruta les traces de sang maculant la branche et observa le crâne. Puis, il remit la branche en place et se releva.

— La police a-t-elle été prévenue ? demanda-t-il.

— Rose et Grace sont allées prévenir la police du meurtre de Monsieur Henry Worthington, ce matin, répondit Monsieur Miles. Elles viennent de rentrer et m'ont précisé que la police viendrait cet après-midi.

— Bien d'ici-là, il ne faut toucher à rien. Monsieur Miles, en plus du bureau et de la chambre, il nous faut veiller sur le corps de Monsieur Robert.

— Certainement, Monsieur. Mais ne pouvons-nous pas couvrir ce pauvre Monsieur Robert en attendant…

Stuart allait répondre par la négative quand il reçut des gouttes d'eau sur la tête. La tempête des derniers jours avait tant détrempé les arbres environnants que le plus petit souffle d'air suffisait à précipiter au sol des pluies abondantes. Toute cette eau allait lessiver les preuves… Mieux valait couvrir le cadavre avec une couverture propre que de laisser les traces de sang disparaître.

— Vous pouvez couvrir Monsieur Robert avec une couverture épaisse, propre et la plus neuve possible afin de ne pas déposer de fils ou de poussières sur le corps. Cela embrouillerait les enquêteurs.

— Très bien, Monsieur.

Monsieur Miles se précipita vers le manoir, laissant Simon veiller seul sur Robert, en compagnie de son fusil de chasse. Stuart tourna alors autour du cadavre à la recherche d'un détail, d'une trace laissée par le tueur. Il fit plusieurs tours ainsi, agrandissant d'un pas chaque nouveau cercle. Quand Monsieur Miles revint, Albert l'aida à placer la couverture sur Robert. Stuart jeta un dernier regard au corps dissimulé et reprit le chemin du manoir.

Albert n'avait pas osé parler à Stuart pendant ses investigations, conscient qu'il devait se concentrer pour faire son travail. Toutefois, une question lui brûlait les lèvres depuis la découverte du corps de son beau-père.

— Est-ce un accident ?

— Certainement pas, répondit Stuart. Robert a été frappé au crâne à plusieurs reprises.

Albert s'arrêta de marcher, pétrifié. Stuart s'immobilisa à son tour et l'observa. Il ne savait toujours pas quoi penser d'Albert. Il avait l'air honnête et droit, semblait choqué par les différentes attaques que subissait sa belle-famille mais lorsque le tueur avait tenté de pénétrer dans la chambre de Constance, la nuit précédente, nul ne savait où il était passé. Stuart avait essayé de confirmer ou d'infirmer ce que le mari de Cathy avait dit mais nul ne l'avait croisé pendant qu'il faisait son prétendu tour de garde... Ni les membres de sa famille, ni les domestiques n'avaient aperçu Albert monter la garde comme il le disait.

Albert inspira avec difficulté. Il lui semblait que tout ce qu'il avait tenté pour préserver sa belle-famille avait été vain. Il reprit sa marche et, arrivé à hauteur de Stuart, poursuivit la conversation.

— Cela ne peut être ni William ni Arthur, annonça-t-il. Je ne les ai pas quittés des yeux de toute la matinée.

— Êtes-vous sûr qu'aucun des deux n'a pu s'absenter ?

— Je vous jure que non. Nous avons poursuivi nos rondes avec Édouard toute la nuit durant jusqu'à ce que les domestiques se lèvent. J'ai mangé sur le pouce et j'ai surveillé leurs chambres. William s'est levé le dernier dans un état pathétique. Quant à Arthur, vu l'état de sa porte, j'ai pu le surveiller autant qu'il me plaisait.

Stuart acquiesça, le visage fermé. Albert se rendait-il compte qu'il resserrait le nœud de la corde autour de son propre cou en dédouanant ainsi ses deux cousins par alliance ? Cette honnêteté était dangereuse si l'inspecteur en charge de l'enquête était aussi peu brillant que le lui avait décrit Henry. Ils rejoignirent le manoir et dépassèrent Conrad et Peter, qui étaient en passe d'en dégager l'accès.

◆ ◆ ◆

A lors que quelques membres de la famille déjeunaient, le bruit d'une voiture s'approchant du manoir les surprit. La voiture de police tirée par quatre chevaux s'arrêta devant le perron et l'inspecteur Damian Brown en descendit, tout drapé de son importance. Avec lui, plusieurs policiers et agents investirent la demeure Worthington.

Sans laisser le temps à Stuart de finir son repas, deux agents se saisirent de lui et l'entraînèrent à la stupéfaction de tous à l'écart, le faisant asseoir dans le couloir devant la porte du salon, son escorte l'encadrant de part et d'autre. L'inspecteur Brown avait décidé de s'accaparer, pour le temps de l'enquête, cette pièce qu'il trouvait fort confortable et pratique. Stuart eut ensuite l'étrange privilège de voir William, Arthur, Édouard, Albert, puis Monsieur Miles et Peter défiler devant lui, se rendant l'un après l'autre à l'invitation de l'inspecteur. Enfin, Adélaïde, Cathy et Elsie exigèrent d'être reçues par l'inspecteur, qui n'accéda à leur demande que de mauvaise grâce.

Quand, enfin, Stuart entra dans la pièce sous bonne escorte, l'inspecteur eut une moue mauvaise en regardant sa canne. Puis, afin d'asseoir son autorité sans aucun doute possible, il brailla des ordres tranchants à ses hommes postés dehors en agitant vivement les bras. Enfin, satisfait, il reporta son attention sur Stuart, assis dans un fauteuil, calme et déterminé.

Stuart observait l'inspecteur autant que ce dernier le faisait pour lui-même, ce qui eut l'heur de déplaire au policier. Il se rengorgea, gonflé de sa propre importance

— Vous avez de la chance, Monsieur, que votre cousine, Miss Élisabeth Worthington, soutienne envers et contre tout être restée avec vous toute la matinée. En effet, les échos que j'ai reçus à votre sujet par les autres membres de la famille ne sont guère en votre faveur.

Stuart resta imperturbable.

— De plus, je n'apprécie guère que l'on essaie de faire mon travail à ma place. Vos interventions intempestives ont compromis l'enquête que nous devons mener.

Stuart fixait toujours l'inspecteur sans réagir.

— Je vous soupçonne d'être impliqué dans le meurtre de la bonne ou dans celui de Monsieur Henry Worthington. Toutefois, je suis moins enclin à vous soupçonner pour le meurtre de Monsieur Robert Worthington.

— C'est fort aimable à vous, ricana Stuart. Puis-je savoir ce qui vous embarrasse ?

— Votre jambe, Monsieur, votre jambe. Votre cousine en a fait une telle description que vos blessures ne peuvent vous permettre de suivre un homme valide, même âgé, à travers bois.

— Souhaiteriez-vous vérifier par vous-mêmes la réalité de ces blessures ?

— Certainement pas ! Je n'ai aucun goût pour ce genre de spectacle. S'il est un domaine dans lequel on peut croire les femmes, ce sont les troubles physiques et les plaies. Elles ont un tel penchant pour les soins qu'elles se passionnent pour la moindre égratignure de leurs rejetons, alors une blessure comme la vôtre !

L'inspecteur fit quelques pas dans la pièce pour recouvrer ses esprits. Il se posta soudain juste en face de Stuart.

— En revanche, je vous préviens que je ne crois pas un traître mot des élucubrations de votre cousine au sujet d'un coupable qui serait membre de la famille. Les femmes devraient rester à leur place. Où allons-nous si elles commencent à vouloir enquêter ?

— Peut-être vers un monde meilleur…

L'inspecteur resta interdit. Cet homme se moquait-il de lui ou exprimait-il sa pensée ?

— Bref, pour les besoins de l'enquête, je vous demande de rester au manoir le temps nécessaire à l'élucidation de ces meurtres.

Stuart se leva et s'approcha d'un pas du policier, qui ne cilla pas. Stuart se dit qu'après tout, cet homme pouvait-être plus idiot que malhonnête.

— Je n'avais de toute façon aucune envie de partir. Monsieur Worthington m'a confié une tâche avant de mourir et j'entends bien la remplir.

— Et de quelle tâche parlons-nous ?

— Trouver le meurtrier de Mary Pike.

L'inspecteur se détendit.

— Si cela vous amuse de vous occuper de la bonne…

Stuart se dit qu'à la réflexion, l'homme était idiot et malhonnête.

— Désespérant, lui dit-il les yeux dans les yeux.

Stuart partit sans saluer l'inspecteur, qui de toutes manières avait déjà reporté son attention sur ce qu'il se passait à l'extérieur.

◆ ◆ ◆

Adossée au mur à quelques distances du bureau, Elsie patientait ou plutôt attendait que le temps passât, son état de choc l'empêchant de ressentir quoi que ce fût. Elle avait détesté l'inspecteur Brown et sa suffisance. Malgré son témoignage irréfutable en faveur de Stuart, elle avait eu toutes les peines à convaincre cet incapable de l'innocence de son cousin. Comment Stuart aurait-il pu assassiner son père alors qu'il s'était trouvé toute la matinée en sa compagnie ? Face à l'opiniâtreté de Damian Brown, même la stricte Adélaïde avait perdu patience et avait signifié dans un langage cru ce que l'incompétence de cet inspecteur lui inspirait. Adélaïde si maîtresse d'elle-même, si à cheval sur les convenances, avait traité l'inspecteur de crétin prétentieux et l'avait ouvertement menacé de se plaindre en haut lieu, s'il ne prenait pas son enquête au sérieux. Elsie en était à ce point de ses réflexions quand Stuart sortit. Dès qu'elle le vit, elle se redressa et se dirigea vers lui. Ils s'éloignèrent de la porte sous le regard soupçonneux des deux factionnaires. Les deux cousins se rapprochèrent de l'escalier, tournèrent autour et se refugièrent derrière pour discuter, à l'endroit même où ils s'étaient alliés la veille pour retrouver l'assassin.

— Alors ? demanda-t-elle sans être plus précise.

— Alors, cet inspecteur est un crétin. Il se désintéresse totalement de Mary et me soupçonne d'être impliqué.

— Mais c'est impossible ! Pas après l'agression dont vous avez été victime hier soir.

— À cet égard, vous avez eu une idée lumineuse en obligeant tous les membres de la famille à sortir de leurs chambres. Au moins avons-nous pu éliminer Édouard de la liste des suspects.

— En outre, nous pouvons éliminer les femmes. Celui que j'ai combattu est un homme et qui sait se battre. Il a esquivé avec une agilité déconcertante toutes les attaques que j'ai pu lui porter.

— Je suis d'accord avec vous. C'est un homme mais lequel ? Mes soupçons se portaient sur William ou peut-être Arthur mais Albert, qui nourrissait les mêmes soupçons, les a surveillés toute la matinée et les a ainsi innocentés… Reste à savoir si nous pouvons faire confiance à Albert…

Stuart laissa en suspens la fin de sa phrase.

— Puisque notre enquête piétine, reprit Elsie, il faut que nous relancions nos réflexions dans une autre direction.

— Je suis désolé de vous le dire mais nous devons intégrer le meurtre de votre père dans notre équation.

Elsie regarda Stuart, l'air un peu perdue.

— L'inspecteur m'a dit que c'était un accident… Il l'a dit à nous toutes ! Mais, au fond de moi…

Stuart prit quelques instants avant de parler. Devait-il donner tous les détails à Elsie ? Pouvait-il le faire ? Il ne voulait pas choquer la jeune femme mais, d'un autre côté, elle ne souhaiterait pas rester dans la méconnaissance de faits l'intéressant de si près.

— Vous saviez que c'était un meurtre. Je suis désolé pour vous et vos proches mais votre père a été frappé à plusieurs reprises avec quelque chose qui n'est pas la branche que nous avons retrouvée à côté de lui. Si l'inspecteur s'était donné la peine d'observer le corps de Robert, il aurait vu les coups et la trace de doigt sur la branche. Elsie, vous sentez-vous capable de poursuivre l'enquête ? Je comprendrais si…

Elsie se tourna vers Stuart et fixa ses yeux noisettes à ceux bleu-vert de son compagnon d'armes. La tête lui tournait, elle avait la nausée mais son esprit refusait de se soumettre à son corps.

— Je vais trouver le meurtrier de mon père et je vais lui faire rendre gorge.

La jeune femme tourna les talons, se dirigea vers l'escalier et commença à le gravir avec détermination, puis son pas se fit moins vif avant de s'arrêter. Finalement, les jambes coupées, elle s'assit au milieu de l'escalier. Stuart la rejoignit et, avec de grandes précautions, prit place à côté d'elle.

— Vous savez que vous pouvez pleurer. J'ai remarqué que cela faisait beaucoup de bien aux femmes.

— Je pleurerai quand j'aurai obtenu justice. Pour le moment, je veux garder la vue claire et l'esprit dur.

— Très bien, partenaire. Par où continuons-nous ?

Elsie sourit. Elle était donc devenue la partenaire de cet ancien officier de l'armée britannique et ils allaient faire ce que cet imbécile d'inspecteur se refusait à faire : débusquer un assassin. Quelles pistes n'avaient-ils pas eu le temps de suivre à cause de l'arrivée de la police… *Charlotte !*

— Par le carnet de Charlotte. Dussé-je démonter la chambre de Constance, planche par planche, je vais le trouver.

Stuart sourit. Il trouvait rassurant d'être allié à un être aussi inflexible et déterminé. Il se releva en prenant appui sur l'épaule d'Elsie qui, ferme comme un roc, ne bougea pas et il gagna l'étage. Elsie resta assise quelques instants de plus, puis se releva d'un bond et rejoignit son cousin, grimpant les marches quatre à quatre, les jupons au vent.

Alors que Stuart et Elsie arrivaient en haut de l'escalier,

William sortit de sa chambre, hagard. Son regard passa à travers ses deux cousins, sans les voir. Stuart et Elsie s'entre-regardèrent, surpris de ne pas avoir plus de consistance que deux fantômes. Alice apparut alors à la suite de son époux, lui attrapa la manche, le temps pour elle de refermer la porte à clé, puis elle prit le bras de William. En passant à côté de Stuart et d'Elsie, elle leur jeta un regard sombre.

— Vous pouvez être fiers de vous, gronda-t-elle.

— Je ne vois pas de quoi je devrais être fier, Madame, répondit Stuart.

— À cause de vos suppositions sur la mort de ces pauvres enfants, William a complétement perdu l'esprit.

Se désintéressant du monde environnant, William tirait en avant son épouse, sans se préoccuper de quoi que ce fût. Alice guida William vers l'escalier, sous le regard des deux cousins. Ils descendirent avec précaution chaque marche, William tanguant avec maladresse de l'une à l'autre.

— Pensez-vous qu'il joue la comédie ?

Stuart détailla l'étrange couple. William pouvait-il contrefaire avec tant d'habileté l'état de choc ? Aucun membre de la famille n'avait évoqué devant lui les quelconques capacités artistiques dont aurait été doté le nouveau chef de famille… *Le nouveau chef de famille…*

— Je me le demande. Sa réaction quand je lui ai parlé de Walter, Philip et Charles a été très violente, comme si les fantômes de ses frères et de son cousin revenaient le hanter pour la première fois depuis bien longtemps.

— Dans ce cas, le doute n'est pas permis. Soit il les a tués, soit il sait qui les a tués.

— Nous en revenons une fois de plus aux deux frères mais aucun des deux n'a pu tuer Robert…

Un léger déclic fit se retourner les deux enquêteurs. La porte de Constance s'ouvrait et la jeune veuve sortit dans le couloir. Quand elle vit Stuart et Elsie, elle leur sourit avec tristesse puis se dirigea vers l'escalier.

— Allez-vous voir l'inspecteur, Constance ? s'intéressa

Elsie.

La jeune femme s'arrêta et se retourna légèrement. À l'accoutumée, sa tenue était parfaite et son port de tête mettait en valeur le haut col de dentelle noire de sa tenue de deuil.

— C'est la troisième fois qu'il veut me parler... C'est proprement ridicule ! Je souhaiterais pouvoir vivre mon deuil en paix !

Elsie eut beau chercher dans sa mémoire, elle n'avait jamais vu Constance d'aussi méchante humeur. La jeune veuve reprit la descente de l'escalier, braquant son regard bleu sur le rez-de-chaussée d'où les imprécations de l'inspecteur surgissaient de temps à autre. Stuart et Elsie se jetèrent un regard entendu. L'occasion était trop belle pour la laisser filer. Stuart se dirigea vers la porte de Constance, l'ouvrit avec précaution et, ayant jeté un coup d'œil à l'intérieur, entra. Elsie se posta près de l'escalier afin de faire le guet.

Stuart s'était préparé à trouver une femme de chambre ou une bonne occupée à sa tâche chez Constance. Il s'était forgé une excuse pour justifier sa lamentable erreur mais eut la chance de trouver la pièce vide de toute âme qui vive. Il prit le temps d'observer la coquette chambre de Constance. Stuart avait conscience du caractère cavalier de sa conduite mais il devait trouver ce que nul autre n'était parvenu à déceler dans cet endroit, somme toute, plutôt petit. Tout semblait envahi de broderies anglaises. Il ne faisait pas de doute que ces draps, ces couvre-lits, ces coussins, ces nappes et autres babioles étaient neufs. L'aménagement de la pièce avait donc été refait par Constance... Les chances de retrouver le carnet de Charlotte s'amenuisaient.

Stuart sonda les murs cognant tous les dix centimètres sur les pans apparents. La difficulté était de toquer assez fort pour découvrir une cache secrète mais pas assez pour être entendu par les autres habitants du manoir. Après de nombreuses minutes d'investigation, rien ne sonnait creux. Pour bien faire, il aurait fallu bouger les meubles mais il n'en avait pas le loisir. Il souleva les tapis, sonda le plancher avec la même patience mais ne découvrit pas plus de cachettes que précédemment. Stuart se baissa avec précaution pour regarder sous le lit et trouva quelque chose cette fois-ci. Un petit objet métallique reflétait la lumière. Stuart hésita. Était-ce bien nécessaire de risquer une douleur considérable pour se saisir d'un objet qui avait très bien pu rouler sous le lit. Il plongea tout de même avec courage sous le meuble et se saisit d'une épingle à cravate ornée d'une agate. Stuart se redressa avec difficulté et scruta l'épingle avec attention. Cet objet n'appartenait pas à une femme, ce qui le rendait d'autant plus intéressant. De plus, cette épingle appartenait à un homme ayant quelque fortune. Un domestique n'aurait pas pu s'offrir ce genre d'ornement. À moins qu'il ne s'agisse d'un cadeau... *Bref, tu n'as pas le temps, tu y réfléchiras plus tard.* Stuart empocha la babiole et continua ses recherches.

— Il faut que je trouve quelque chose d'ancien... qui pourrait dater de l'époque de Charlotte... murmura-t-il.

Stuart examina avec attention les meubles de Constance. Il se détourna de la commode, de l'armoire et de la coiffeuse, trop récentes... En revanche, le grand lit à baldaquin, enseveli sous les broderies anglaises, retint son attention. Il s'en approcha et souleva la parure rebrodée qui dissimulait le pied du lit. Il découvrit un large panneau de bois orné de multiples roses et autres couronnes de fleurs un peu démodées. Stuart comprenait pourquoi la jeune Constance qui avait meublé de façon moderne sa chambre avait préféré dissimuler sous les broderies anglaises le pied de ce meuble. Il passa le bout de ses doigts sur les ornementations en bois un peu naïves. Stuart connaissait ce genre de meuble. Il testa plusieurs fleurs, sans résultat puis s'intéressa à une grande fleur en relief. Il l'empoigna et tira dessus comme s'il voulait l'arracher. La fleur de bois n'opposa guère de résistance et dépassa simplement du lit.

Il se saisit de cette poignée et la fit pivoter dans le sens des aiguilles d'une montre. Un déclic retentit.

Stuart s'accorda un instant puis, réalisant qu'il ne disposait pas de tout le temps qu'il souhaitait, il s'accroupit avec difficulté puis s'agenouilla pour jeter un coup d'œil sous le lit. Un petit tiroir était apparu. *Enfin !* Il tendit la main et tenta d'attraper le contenu du tiroir. Sa main ne rencontra rien. Le cœur de Stuart se serra un instant. Se pouvait-il que le tiroir se révélât vide ? Soudain, ses doigts inquisitoriaux touchèrent une petite forme. Il se saisit de l'objet et le rapporta vers lui : un vieux carnet jauni trônait dans sa main. Stuart feuilleta quelques pages du calepin pour s'assurer qu'il s'agissait bien de ce qu'il recherchait. Satisfait, il le referma et l'empocha.

Puis, avec les plus grandes précautions, il se releva, sentant ses deux jambes renâcler à la tâche. Il allait devoir se reposer avant que la nuit tombât, sinon il ne serait en rien utile pour la veillée qui se préparait. Il tourna la fleur dans le sens inverse des aiguilles d'une montre, la renfonça dans les motifs du lit puis rabattit la parure de lit rebrodée sur le bois.

Sans le moindre bruit, il s'approcha de la porte, l'ouvrit avec précaution, jeta un coup d'œil et sortit.

Chapitre 9

E lsie attendait toujours dans le couloir. Elle se demandait si Stuart allait trouver le carnet de Charlotte. Dans cette famille si attachée aux secrets et au silence, il était invraisemblable que l'une d'entre eux ait décidé de se confier à un journal… Quel épouvantable secret avait pu pousser sa grand-mère à laisser derrière elle une trace de sa vie ? Elsie espérait de tout cœur que Charlotte s'était confiée à ce carnet qu'elle tenait avec tant de régularité. Sans les confessions intimes de sa grand-mère, elle sentait que leurs investigations seraient vouées à l'échec. La jeune femme avait beau tourner et retourner dans sa tête les différents éléments que Stuart et elle avaient appris dans les deux derniers jours, cela n'expliquait toujours pas pourquoi Mary, puis Henry, puis… son père avaient été assassinés. Trois personnes, trois vies sacrifiées sur l'autel d'elle ignorait quelle perversion… Trois morts pour quoi ? Argent, pouvoir, vengeance, folie ? Quoi d'autre ? Qu'est-ce que sa famille cachait qui valût la peine de supprimer trois personnes ? Voulait-on décapiter la famille Worthington pour la mener à la ruine ? Henry aurait été tué, puis Robert qui avait pris sa suite à l'encontre des droits de William ? Fallait-il que l'assassin soit fou pour tuer son père alors qu'il n'avait endossé cette charge qu'afin de donner un peu de temps à son neveu pour se remettre de l'assassinat de son père… Ceux qui connaissaient Robert savaient à quel point il était honnête et qu'il se serait effacé, contre les intérêts même de la famille, devant l'héritier légitime. Et Mary ? Où la placer dans cette théorie ? Avait-elle eu la malchance de voir le tueur verser le poison dans la carafe d'Henry ? Il fallait donc toujours en revenir aux membres de la famille. Elsie avait combattu un homme mais lequel ? William ? Sous ses airs geignards, était-il si vif et si souple ? Arthur ? Son dandy de cousin, cachait-il sous ses étoffes précieuses une aptitude au meurtre ? Albert ? Elsie répugnait à envisager cette possibilité mais elle devait être juste et il ne faisait pas de doute que personne ne savait où Albert se trouvait lors de l'attaque de la nuit dernière. Qui d'autre ? Édouard ? Il était sorti trop vite de sa chambre pour avoir eu le temps de courir au rez-de-chaussée, sauter par la fenêtre, remonter au premier étage par l'extérieur et se mettre en pyjama. De plus, son frère vivait avec elle à Londres et il ne pouvait pas avoir étranglé Mary. Elsie rejoignait Stuart dans son analyse, Édouard était innocent. Qui d'autre encore ? Les domestiques… Lors de l'attaque de la nuit précédente, seuls Monsieur Miles et Juliane pouvaient être écartés de la liste des suspects… Restait encore à placer l'un d'entre eux sur les trois lieux des crimes aux moments voulus… La situation se corsait alors de façon inextricable. Arthur et William avaient affirmé qu'Albert les surveillait au moment où son père se faisait assassiner. Alors qui ? Qui avait pu assassiner ces trois personnes ? Elsie avait beau réfléchir, elle ne parvenait pas à trouver un suspect pour les trois meurtres…

La porte de Constance s'ouvrit derrière elle. Quand elle vit Stuart sortir de la chambre, elle l'observa mais ne vit aucune trace d'un carnet. Stuart avait-il échoué ? Le regard noisette de la jeune femme croisa celui bleu-vert de son cousin, qui lui fit un clin d'œil. Cette œillade qu'elle aurait jugé d'une inconvenance parfaite dans d'autres circonstances lui réchauffa le cœur et la libéra d'un lourd fardeau. Elsie quitta son poste d'observation et préceda son cousin dans le boudoir vert où elle savait pouvoir trouver

Cathy. Elle entra et laissa la porte ouverte derrière elle. Stuart s'engouffra à sa suite pour trouver Cathy en train de remplir des malles en toute hâte avec l'aide de Juliane et de Rose. Les trois femmes formaient un tourbillon cadencé de tissus, frou-frous et autres fanfreluches. Elsie restait interdite devant ce spectacle… Sa sœur et son beau-frère s'apprêtaient à les abandonner en plein milieu de la bataille…

— Vous partez ? begaya-t-elle.

Cathy se retourna d'un bloc, sur les nerfs, et se détendit lorsqu'elle vit sa petite sœur la fixer avec sa moue d'enfant déçue.

— L'inspecteur m'a donné l'autorisation de partir avec les enfants, à la condition qu'Albert reste ici. Il a bien voulu entendre raison sur les risques d'empoisonnement. Victoria part elle aussi avec ses fils et Édouard reste ici.

Elsie comprenait. Elle savait que sa sœur devait protéger ses filles mais elle la voyait si peu… Elle aurait voulu avoir plus de temps avec Cathy. Elle sentit Stuart à ses côtés. Son cousin s'était approché d'elle et sa présence lui rappela ce qu'ils affrontaient. Cathy et Victoria avaient raison de partir…

— C'est la bonne décision, trancha Stuart.

Cathy se tourna vers lui et, contre toutes attentes, saisit sa main dans la sienne. Elle la serra avec maladresse à plusieurs reprises, pendant qu'elle ordonnait ses idées, puis la relâcha.

— Faites attention à vous, Stuart, dit-elle. Je n'ai aucune confiance dans cet inspecteur. Il est borné et s'en tient à ses premières conclusions. Mary a été tuée par un rôdeur, Henry par vous et Robert a été victime d'un malheureux accident.

Elsie sortit de ses gonds.

— C'est ridicule ! Stuart est bien le seul qui n'avait aucun avantage à tuer Henry, il voulait le réintégrer dans ses droits successoraux !

— Je le sais, tu le sais, nous le savons tous, mais cet

inspecteur n'en démord pas, continua Cathy. Il était même très contrarié de ne pas pouvoir accuser Stuart du meurtre de père, donc maintenant c'est un accident. Quand j'ai pris conscience de son incompétence, j'ai demandé à partir. Stuart, faites attention à vous, William, Alice et Beatrice sont en train de vous piéger. D'après ce que j'ai entendu, ils prétendent que vous êtes venu vous venger de la famille qui a rejeté votre mère et vous a condamné à une vie d'exil.

Cathy passa ses mains sur son visage. Son teint de porcelaine n'avait plus rien de l'éclat délicat qu'il avait lorsque Stuart avait vu sa cousine pour la première fois.

— En fait, c'est mieux pour vous qu'Albert reste ici, poursuivit Cathy, il pourra vous aider.

— Où est-il ? s'intéressa Stuart.

— Il répond pour la centième fois aux questions de l'inspecteur.

— Étrange, je croyais que Constance était avec l'inspecteur.

Cathy opina du chef.

— Oui, elle y était mais cela n'a duré que deux minutes, puis elle a été accaparée par Arthur.

Stuart sentit le regard d'Elsie se poser sur lui mais ne bougea pas. Après tout, ils n'étaient pas seuls avec Cathy. Depuis le début de leur conversation, Juliane et Rose ne perdaient pas un mot de ce qui se disait dans le boudoir.

— Quand je serai partie, continua Cathy, vous pourrez utiliser mon boudoir. Il faut que vous ayez un endroit pour réfléchir… Je compte sur vous, Stuart. Si justice doit être rendue, ce sera grâce à vous.

Elsie fut contrariée. Une fois de plus, si quelque chose devait être fait, ce serait bien évidemment le fait d'un homme… Même si elle appréciait beaucoup son nouveau cousin, Cathy avait tout de même oublié un peu vite que c'était elle qui avait mis en fuite le tueur la nuit précédente ! Sa sœur se tourna vers elle et la prit dans ses bras. La frêle aînée eut un peu de mal à enserrer sa si grande petite sœur mais y parvint tout de même.

— Et toi, fais attention à toi, tête de pioche, mais si tu recroises le tueur cette nuit, venge papa.

Les yeux brillants de Cathy flamboyèrent d'une haine telle qu'Elsie n'en avait jamais vu dans les yeux de sa sœur. La benjamine ne répondit pas car elle savait que Stuart ne pouvait accepter une quelconque vengeance. Il était trop droit et trop avide de justice pour de telles représailles privées mais... *Si tu croises ma route à nouveau, sale monstre, il va t'en cuire.* Les deux sœurs n'avaient plus besoin de parler pour se comprendre et Cathy sut que sa cadette brûlait du même feu qu'elle. Elle retourna donc s'intéresser à ses bagages mais Rose et Juliane fermaient déjà les malles. Les deux femmes de chambre avaient bien employé le temps de leur conversation et quittaient la pièce.

— Si vous le permettez, Madame, dit Rose, nous allons aider Madame Victoria à finir ses bagages.

— Bien sûr. Merci beaucoup à vous.

— À votre service, Madame.

Rose et Juliane sortaient alors que Simon et Peter arrivaient pour se charger des malles. Cathy suivit leurs allers-retours avec attention, tout en s'habillant en toute hâte.

— Vous deux, restez ici et travaillez, ordonna-t-elle.

— Je vais au moins venir te dire au-revoir... tenta Elsie.

— Tu feras mieux que cela ! En repartant pour Londres, tu t'arrêteras chez nous... et vous aussi, Stuart. Nous pourrons enfin discuter en paix ! Je vous dis à bientôt.

Stuart salua Cathy, Elsie parvint à serrer sa sœur dans ses bras avant qu'elle ne sortît en refermant la porte derrière elle.

Alors que quelques minutes auparavant le boudoir était une vraie ruche, Stuart et Elsie se retrouvaient désormais seuls, plongés dans le silence. Cathy avait raison. Ils avaient besoin de faire le point sur tous les éléments disparates qu'ils avaient accumulés ces deux derniers jours. Stuart se dirigea avec conviction vers la table et s'assit face à la porte. Il posa son revolver devant lui. Elsie le rejoignit, s'assit à côté de lui, hésita un instant et posa elle aussi son revolver sur la table. Stuart sourit avec bienveillance. Cette petite cousine était une curiosité pour lui. Il songea à Amanda, sa petite sœur disparue. Aurait-elle été une fine beauté comme Cathy ou une aventurière sans peur comme Elsie ? Une ombre de tristesse passa sur son visage et Stuart repoussa le souvenir mélancolique loin de ses pensées. Il devait se concentrer et réfléchir. Il sentait que la solution était proche mais elle demeurait encore inaccessible à cette heure.

— Comment cet inspecteur peut-il croire que vous avez tué Henry ?

Stuart leva les yeux au ciel. L'inspecteur qu'il avait rencontré était un imbécile doublé d'un arriviste. Pour lui, un bon crime était un crime qu'il pouvait résoudre en quelques secondes et qui contribuerait à la progression de sa carrière.

— Pour le moment, ce n'est pas ce qui me préoccupe. Nous devons trouver le tueur et, alors, mon innocence ne fera plus aucun doute. Étudions ce carnet, voulez-vous ?

Stuart sortit le vieux cahier de sa poche et examina avec soin le papier un peu jauni. Elsie regarda le petit tas de feuilles relié avec des yeux brillants et pleins d'espoir. Allaient-ils enfin avoir toutes les solutions ? Non, cette perspective était irréaliste. Comment sa grand-mère aurait-elle pu donner la solution des crimes commis plus de treize ans après sa mort ? Stuart feuilletait avec délicatesse le carnet, prenant soin de ne pas abîmer le précieux papier entamé par les ans. Il survolait certains passages, s'attardait sur d'autres, s'habituait à l'écriture cursive de sa grand-mère. Soudain, quelqu'un toqua à la porte. D'un même geste, Stuart et Elsie empoignèrent leurs armes et les camouflèrent sous la table.

— Entrez, dit Stuart d'une voix forte.

La porte s'entrebâilla et Édouard, pour une fois un peu gêné, entra avec hésitation.

— Victoria et les enfants viennent de partir et je me sens un peu seul. Puis-je rester avec vous ?

Stuart reposa son arme sur la table, à la grande stupéfaction d'Édouard, puis se releva avec difficulté pour accueillir le nouveau venu. Elsie couvrit son frère aîné d'un œil sombre. Il fallait toujours qu'il arrivât au moment le moins opportun !

— Soyez le bienvenu, cousin. Toutefois, j'ai bien peur que la conversation ne soit pas des plus passionnantes car Elsie et moi-même devons étudier un carnet.

Édouard referma la porte derrière lui et retrouva un air un peu plus jovial.

— Ne vous inquiétez pas pour moi, je vous laisse travailler. Je vais m'asseoir dans le fauteuil près de la fenêtre, ce sera parfait.

Édouard s'assit de la manière la plus confortable dans un profond fauteuil face à la fenêtre et se mit aussitôt à bâiller. La nuit précédente avait été courte pour lui aussi et il prévoyait avec quelque confusion que la nuit prochaine ne serait pas moins agitée. Aussi, avait-il pris le parti de se reposer à une heure incongrue de l'après-midi mais il avait vite été confronté à un problème épineux : où pouvait-il se reposer en sécurité sans risquer d'être assassiné par le fou dangereux rodant dans le manoir ? La seule solution qu'il avait trouvée était de se reposer en compagnie des deux seules personnes insoupçonnables dans cette affaire : Elsie et Stuart. Édouard s'était donc mis à la recherche de sa sœur et de son cousin pour mener à bien son plan de repos. Son bel espoir désormais était que son esprit torturé par l'assassinat de son père allait trouver quelque repos en leur compagnie. En homme pragmatique, Édouard savait qu'il n'avait pas, pour le moment, la possibilité de pleurer le disparu comme il se devait. À cet instant et pour les heures à venir, il devait à son père de faire tout ce qui était en son pouvoir pour remettre son meurtrier entre les mains de la justice... ou, du moins, aider ceux qui allaient le remettre à la justice.

Pendant qu'Édouard s'installait, Stuart se rassit, un vague sourire sur les lèvres. En revanche, Elsie était contrariée... très contrariée... Loin d'imaginer les raisons pratiques de cette intrusion d'Édouard, elle le soupçonnait de ne pas lui faire confiance... une fois de plus. Toutefois, Stuart choisit de ne pas s'intéresser davantage à la présence d'Édouard. Il réouvrit le carnet et le plaça entre Elsie et lui, de façon à ce qu'ils puissent lire tous les deux. Dès la première page, leurs expressions changèrent. Un léger ronflement se fit entendre, les arrachant à leur lecture.

— Votre chaperon vient de s'endormir, constata Stuart.

— Ne m'en parlez pas. C'est l'excuse la plus mauvaise qu'il ait jamais trouvé...

— Du moment que nous pouvons travailler...

Stuart et Elsie replongèrent dans l'étude du carnet.

Peu à peu, le jour baissait au fur et à mesure que Stuart ou Elsie tournaient les pages. Le soir tombait quand, enfin, ils achevèrent leur lecture. Elsie était bouleversée. Elle ignorait si Stuart avait pu deviner avec les quelques renseignements, qu'ils avaient glanés, les véritables raisons de tous les crimes perpétrés au manoir mais, pour sa part, elle était encore loin du compte. Tant de questions se bousculaient dans son esprit qu'elle ne savait par laquelle commencer. Le précieux carnet de sa grand-mère leur avait donné des clés pour comprendre les assassinats de Mary et d'Henry mais qu'en était-il du meurtre de son père ? À quoi servait-il de supprimer cet homme bon et jovial ? Qu'en était-il des morts de ses cousins et de son frère ? Meurtres ou accidents ? Elsie observa son cousin, curieuse de savoir vers quelles conclusions son esprit plus aguerri d'enquêteur l'avait mené.

Stuart, quant à lui, referma le carnet et le replaça dans sa poche. Il avait supposé qu'il existait un lien entre Henry et Mary mais il n'avait pas osé pousser son raisonnement assez loin pour appréhender cette affaire dans toute sa complexité. C'était une erreur qu'il ne devrait plus renouveler à l'avenir. Était-ce parce que ces crimes prenaient place au sein de sa famille qu'il avait ainsi refusé de suivre cette piste ? Il l'ignorait pour le moment mais se promettait d'y réfléchir un peu plus tard, quand ce tueur abject serait mis hors d'état de nuire.

Édouard interrompit le fil de leurs pensées par un ronflement convaincu.

— Au moins, maintenant, nous savons pourquoi Mary et oncle Henry ont été assassinés… remarqua Elsie.

Stuart acquiesça en silence.

— Nous devons nous préparer, Elsie, dit-il d'une voix douce.

La jeune femme se leva et réveilla son frère. Édouard roula de gros yeux, encore endormi, et se demanda pendant un instant ce que sa sœur pouvait faire dans sa chambre. Puis, il observa la pièce et constata qu'il n'était pas dans sa chambre. *Le boudoir vert ?* Son esprit parvint à réunir ses souvenirs et il reprit contenance.

— Nous allons avoir besoin de toi, Édouard, lui précisa Elsie.

L'homme se redressa et se trouva soudain en pleine possession de ses moyens. La perspective de jouer le dernier acte face à un tueur pouvait avoir cet effet.

— Très bien. Comment puis-je vous aider ?

Édouard se surprit à penser que, pour la première fois de sa vie, il était l'ignorant et Elsie était celle qui savait. Ce retournement de situation le perturba un peu mais, après tout, à vingt-quatre ans, il ne pouvait plus considérer sa petite sœur comme… une petite fille. Il devait même, par honnêteté intellectuelle, reconnaître qu'Elsie s'était toujours montrée vive d'esprit et de paroles… Il pouvait apprécier le premier mais certes pas les secondes… Toutefois, pour le moment, il devait se fier aux investigations de sa sœur et de son cousin.

Elsie échangea quelques mots avec Stuart puis fit signe à son frère de la suivre, ce qu'il accepta sans regimber. La jeune femme apprécia les efforts d'Édouard et se dit qu'il était bien dommage d'avoir dû traverser de telles tragédies pour que son aîné la considérât, enfin, comme un être humain à part entière et non comme une encombrante écervelée.

Ils quittèrent tous deux le boudoir, Édouard ayant remarqué au passage que sa sœur avait empoché sans plus de cérémonie un revolver de belle facture. Il fut surpris de n'être pas plus indigné par cette extravagance mais les circonstances particulières qu'ils traversaient le portaient à plus de tolérance envers sa benjamine.

Stuart les regarda partir et ressortit le carnet de sa poche. Les pièces du puzzle avaient pris place dans son esprit au fur et à mesure qu'il avait lu le carnet. Charlotte avait permis, par ses écrits, que les courants sous-jacents régissant sa famille parussent au grand jour. Bien sûr, sa grand-mère n'avait pas tout expliqué mais les éléments qu'elle avait fournis dans ses mémoires faisaient désormais la différence dans les réflexions de l'enquêteur. Sans ces explications, Stuart serait probablement parvenu à élucider les crimes du manoir Worthington mais, peut-être, aurait-il fallu subir quelques assassinats supplémentaires… Stuart regarda la couverture du carnet jauni, puis l'ouvrit à une page qu'il avait marqué.

> « *Il me fait porter le poids de son propre péché et m'oblige à couvrir la bâtardise de son ignoble rejeton par les liens de MON mariage* ».

Stuart acquiesça d'un signe de tête, perdu dans ses pensées. Il referma le carnet puis le rangea, sans y penser dans sa poche. Il savait désormais qui il allait affronter et il ne se laisserait pas surprendre une seconde fois. Sa main trouva le chemin vers son revolver et, par une manœuvre familière à force de répétitions, il fit tourner le barillet, cran par cran. *Une balle dans chaque chambre, comme il se doit.* Satisfait, il remit l'arme à sa place dans son étui et sortit de la pièce, sans prendre le soin de refermer sa veste.

◆ ◆ ◆

L a nuit était tombée. Comme la veille, Constance n'avait pas eu le courage de descendre dîner avec sa famille. Madame Grant lui avait fait monter un plateau mais elle avait à peine touché aux plats. Seule la compote avait trouvé grâce à ses yeux. Devant sa coiffeuse, Constance, en chemise de nuit blanche, brossait ses longs cheveux ondulés avec application. Henry avait toujours aimé ses cheveux. Quoique les malveillants aient pu en penser, elle avait aimé ce mari attentionné et courtois. Oui, il était plus vieux qu'elle. Oui, elle avait eu de nombreuses propositions de mariage malgré ses faibles moyens. Oui, elle aurait pu choisir un mari plus accordé à son âge mais aucun de ceux, qui voulaient l'épouser, n'avaient pris le temps comme Henry de découvrir qui elle était. Constance aimait peindre. Son rêve était de partir à New York et de ne vivre que pour et par cet art. Henry avait compris. Elle lui avait montré ses tableaux et, loin de s'extasier comme les autres, il avait perçu des imperfections techniques, des faiblesses qu'elle devait travailler. Il lui avait fait la promesse que tant qu'ils resteraient mariés, elle prendrait des cours avec les meilleurs peintres qu'il pourrait trouver et qu'il serait toujours honnête avec elle. Henry avait tenu parole. Durant les quatre années de leur mariage, il avait été honnête… *Mon Dieu, mon pauvre Henry*… Elle posa sa brosse, la gorge serrée, les larmes brûlant ses yeux bleus rougis. Elle approcha son visage du miroir pour observer ses traits bouffis et vit une silhouette d'homme juste derrière elle. Ses yeux s'écarquillèrent, elle sentit un cri déferler le long de sa gorge mais, avant qu'elle n'ait pu émettre le moindre son, une main vigoureuse bâillonna sa bouche.

— Calmez-vous, Constance, c'est moi, chuchota Stuart.

Agrippée à la main de Stuart, Constance regarda dans le

miroir et vit les reflets roux de l'homme derrière elle. Elle s'apaisa, la peur laissant place à l'incompréhension dans son regard.

— Je vais enlever ma main mais vous devez me promettre de ne pas hurler. C'est vital pour notre plan.

Constance acquiesça d'un signe de tête et Stuart la libéra.

— Mais que se passe-t-il ? souffla Constance.

Stuart se pencha vers elle pour éviter que le moindre son prouvant sa présence auprès de la jeune femme ne soit entendu.

— Nous pensons que l'assassin va revenir essayer de vous tuer.

Constance en fut stupéfaite. Ses grands yeux cherchaient ceux de Stuart pour s'assurer qu'il ne plaisantait pas. La situation était ridicule !

— Mais pourquoi moi ? Je n'ai aucun intérêt ! Henry ne m'a laissé qu'une simple rente bien inférieure à tout ce que le reste de la famille va recevoir.

Stuart tapota avec maladresse l'épaule de Constance. Il voulait se montrer rassurant mais ne savait pas vraiment s'y prendre avec les femmes. Il avait toujours la désagréable sensation que ses paroles ou ses gestes étaient malvenus.

— Je sais mais le tueur a ses propres raisons. Je vais l'attendre dans votre chambre pendant que vous serez dans votre boudoir avec Elsie. Nous sommes armés tous les deux, vous ne risquez rien.

Constance se leva. Stuart se retourna ne souhaitant pas voir la jeune femme en simple chemise de nuit. Il entendit une étoffe glisser près de lui et constata qu'elle avait revêtu sa robe de chambre. Elle se tenait droite, ne paniquait pas. Stuart admira le caractère de cette femme et se dit une nouvelle fois que son oncle avait été un homme de goût.

Constance ouvrit la porte au fond de sa chambre et lança un dernier regard vers Stuart. Henry avait eu confiance en lui, elle pouvait donc se fier à cet homme.

Quand Constance pénétra dans son boudoir, elle trouva Elsie en train de vérifier son revolver. Cette image resterait gravée en elle pendant de nombreuses années. Calme et déterminée, Elsie qui avait à peu près le même âge qu'elle s'apprêtait à affronter un tueur comme s'il s'agissait de l'activité la plus naturelle au monde. Constance referma la porte derrière elle et tourna la clé dans un geste machinal de sécurité. Puis, elle prit place sur une chaise qu'Elsie lui avait désignée de la main. La lumière de la lune filtrait à travers les rideaux et éclairait assez la pièce pour que Constance puisse l'observer avec attention. Une commode avait été poussée devant la porte donnant sur le couloir pour en barrer le passage. Constance désigna le meuble d'un coup de menton. Elsie, adossée au mur, regarda dans la direction indiquée et répondit le plus silencieusement possible :

— Si le tueur vient, il sera obligé de passer par votre chambre et donc par Stuart.

L'explication était logique. Inquiétante mais logique. Constance décida de prendre son mal en patience et réfléchit. Pourquoi ce tueur voulait-il l'assassiner ? Quand les événements de cette nuit seraient passés, elle se promettait de demander des éclaircissements sur ce point ! Elle jeta un coup d'œil à Elsie et se dit que la nuit risquait d'être longue.

◆ ◆ ◆

Dissimulés dans un coin sombre du couloir à l'étage, Albert et Édouard ne quittaient pas des yeux les escaliers. Tous deux s'étaient préparés à être la première ligne de défense de Constance. Ils étaient prêts. Albert serrait son revolver avec tant de vigueur que ses articulations blanchissaient. De son côté, Édouard avait préféré un fusil de chasse. Il se savait tireur de peu de précision mais avec une telle arme, un tir suffisait en général. En outre, il avait été quelque peu décontenancé par

Elsie. Selon toute vraisemblance, Stuart et sa sœur soupçonnaient encore ce pauvre Albert... *Albert !* C'était proprement grotesque. Il connaissait cet homme depuis des années et n'avait jamais vu son beau-frère ne serait-ce que hausser la voix ! S'entendre recommander dans ces conditions d'être prudent avec lui, lui avait semblait être l'information la plus stupide qu'il ait eu depuis de nombreux mois, voire des années. Édouard montait donc la garde en toute confiance avec son beau-frère... *nerveux... très nerveux...* Édouard sentit un léger fil de sueur couler le long de son échine. *Et si...*

Un léger grincement fit se retourner d'un bloc Albert qui reçut à l'instant même un violent coup de matraque sur le crâne. Surpris, Édouard mit en joue l'ombre mais la clarté de la lune lui dévoila le visage de leur agresseur. Édouard baissa sa garde, déstabilisé.

— Vous ?

L'ombre bondit sur lui, repoussa l'arme de côté et fracassa la mâchoire d'Édouard d'un violent coup de matraque. Sonné, celui-ci tomba à genoux pour mieux recevoir un second coup sur le sommet du crâne. Édouard chuta lourdement au sol, s'écrasant la pommette contre le parquet.

L'ombre retourna auprès d'Albert et abattit à plusieurs reprises son arme sur sa tête déjà ensanglantée. Puis, avec calme et méthode, le tueur détacha les cordons retenant les rideaux d'ornementations et lia avec fermeté les mains des deux hommes à terre.

◆ ◆ ◆

Dans la chambre, Stuart écoutait le moindre bruit. Quelques sons de la lutte du couloir s'insinuèrent jusqu'à lui. Il se dirigea vers la porte quand un grincement retentit au-dessus de lui. Son visage fut déserté de toute couleur. *NON !* Il regarda le plafond avec panique et se retourna pour rejoindre le boudoir, sans s'apercevoir que la porte d'entrée derrière lui s'ouvrait. Il saisit la poignée, essaya de la faire tourner… *Verrouillée*! Soudain, il s'immobilisa. Ses narines s'ouvraient plus grand que d'habitude. *De l'air frais.* Il se jeta sur le côté et reçut en pleine clavicule, le coup de matraque qui aurait dû lui fracasser le crâne.

Chapitre 10

E lsie se redressa d'un bond. *Qu'est-ce que c'était ?* Il lui avait semblé entendre des sons étouffés provenant d'abord du couloir mais, à l'instant, c'était Stuart qui avait crié. Était-il blessé ? Il lui avait dit de demeurer dans le boudoir quoiqu'elle entendît de l'autre côté de la porte mais pouvait-elle l'abandonner ? C'était un homme, certes, mais il était blessé et ne pouvait plus compter sur sa force originelle pour se battre. Elsie s'avança dans la pièce, empoigna Constance, la fit se lever et la précipita contre le mur derrière elle. Il y avait quelque chose… Elle avait senti comme une différence dans l'air… Elle éternua. *De la poussière ?* Revolver en main, Elsie visait les ombres devant elle. Tout était calme dans le boudoir. Les yeux fixés sur la fenêtre et la porte en face d'elle, Elsie attendait que quelque chose se passât. Elle n'entendait plus rien de l'autre côté. Le tueur était-il venu à bout si vite de la résistance de Stuart ? C'était donc à elle d'affronter ce monstre… Le monstre de la famille.

Soudain, le plafond craqua au-dessus d'elle. Elle leva les yeux. Trop tard. Elsie reçut de plein fouet le choc d'un homme se laissant tomber depuis le plafond. Écrasée au sol, Elsie sentait le poids du tueur peser sur elle, tournant et retournant son pied sur son avant-bras pour lui faire lâcher son arme. C'était peine perdue, dès le premier choc, Elsie avait perdu son revolver. Où était-il tombé ? Elle était sonnée. Elle sentait à peine l'homme marcher sur son dos, pesant de tout son poids sur sa cage thoracique. Soudain, le poids disparut et Elsie put respirer à nouveau. Elle entendit Constance hurler comme une perdue et ce son l'obligea à se secouer. Elle se redressa et le vit. *Arthur*... Sans attendre, Arthur lui assena un violent coup de pied dans le ventre, la projetant contre le mur le plus proche. Les poumons d'Elsie se vidèrent sous l'impact et elle se mit à tousser. La tête lui tournait mais les hurlements de Constance la raccrochaient à la réalité. Arthur s'éloignait d'elle. Le monstre se dirigeait vers Constance, qui criait de plus belle. Rampant vers son adversaire, Elsie s'accrocha au pied de son effrayant cousin.

— Tu n'en as toujours pas assez ?

Arthur revint vers Elsie. Toujours à terre, elle se retourna pour se retrouver sur le dos. Arthur se pencha au-dessus d'elle, sûr de pouvoir achever la jeune femme de quelques coups de poing, et reçut alors une violente ruade dans le torse. Elsie avait frappé le tueur de toute la force de ses jambes, lui fracassant la cage thoracique de ses deux pieds joints. Projeté en arrière, Arthur s'écrasa contre la commode devant la porte, juste à côté de Constance, qui lui brisa un vase de porcelaine sur le crâne. À demi assommé, Arthur secouait la tête pour s'éclaircir les idées, pendant que Constance fuyait de l'autre côté de la pièce. Elsie, à genoux, cherchait avec frénésie son revolver en tâtonnant dans la pénombre.

◆ ◆ ◆

Stuart évita de peu un deuxième coup de matraque horizontal visant à lui briser la mâchoire. Il se baissa brusquement et sa jambe blessée se déroba sous lui. À terre, il se jeta dans les jambes de son agresseur et le fit chuter. Dans une lutte au sol, Stuart retrouvait ses chances. Il redoubla ses coups et, à sa grande stupéfaction, n'eut aucun mal à prendre le dessus sur son adversaire. Les deux coups de poings qu'il venait d'assener semblaient avoir porté… *Un peu trop même*. Il s'assit à cheval sur son adversaire alors que l'autre se débattait avec l'énergie du désespoir.

— Une femme ?

Stuart enserra les poignets de la furie dans l'une de ses mains et arracha l'étoffe qui dissimulait le tueur. Le visage de Juliane, tordu par la rage, apparut dans le clair de lune. Son nez saignait d'abondance mais elle restait combative, furieuse, vicieuse, essayant de mordre, donnant des coups de pieds, ruant sans cesse.

— Vous feriez mieux de vous occuper des deux truies d'à côté, ricana-t-elle d'un air mauvais.

Les yeux de Stuart s'agrandirent. *Elsie…* Le poing de Stuart s'abattit comme une masse sur la bouche de Juliane dont la tête rebondit sur le sol. Elle retomba, assommée. Stuart se leva et fonça sur la porte du boudoir. *Elsie…C'est Elsie qui affronte Arthur en ce moment !* Il empoigna la poignée de la porte, appuya mais la porte résista. Stuart colla l'oreille contre la porte et entendit le bruit d'une violente lutte dans l'autre pièce. Il fonça sur la porte. Sans succès. Il reprit son élan et s'élança de nouveau.

◆ ◆ ◆

Fou de rage, Arthur se rua sur Elsie et l'empoigna par les cheveux, la fit tournoyer sur elle-même et la jeta au sol. Étourdie, Elsie essaya de se relever mais Arthur s'assit sur son torse, la plaquant au sol. La jeune femme sentit deux mains entourer son cou et serrer à lui rompre les os. Par réflexe, Elsie essaya de desserrer l'étreinte mortelle d'Arthur quand elle vit son revolver luire sous la lune, non loin d'elle. *Pas comme ça…* Elsie projeta son index dans l'œil de son cousin. Il cria mais desserra à peine le garrot que formaient ses mains autour du cou de sa cousine. Pourtant, cette courte trêve permit à la jeune femme de rapprocher son pied droit de sa main et elle put fouiller sa bottine. Elle sentit le manche en bois sous ses doigts, s'en saisit et plongea le couteau entre les côtes d'Arthur. Il hurla de douleur et relâcha enfin son étranglement.

Elsie toussa mais parvint à prendre une grande inspiration. Toujours à cheval sur elle, Arthur empoigna le couteau. Il eut un haut-le-cœur mais tira sur le manche. Grognant de douleur et de rage, il le retira de son corps. *Il va me tuer.* Elsie repoussa Arthur avec violence, parvint à le faire basculer, plongea sous la table et se saisit de son revolver.

Arthur se jeta sur Elsie, couteau en avant. La jeune femme n'eut que le temps de se retourner et de voir la mort fondre sur elle. La porte vola en éclat. Le couteau se suspendit dans les airs un bref instant avant de s'abattre vers Elsie quand deux coups de feu retentirent.

Arthur n'acheva jamais son mouvement et s'écroula en travers de sa cousine. L'arme dans la main de la jeune femme fumait. Quand elle tourna la tête, elle vit Stuart se précipiter sur elle. D'un mouvement brutal, il arracha le corps d'Arthur de celui d'Elsie, fit rouler le cadavre plus loin et souleva la jeune femme pour la remettre sur ses pieds, comme s'il ne se fût agi que d'une plume. Le revolver de Stuart fumait aussi.

Stuart serrait Elsie dans ses bras, gardant un œil sur le corps de son abominable cousin. Là, bercé comme une enfant, Elsie comprit que c'était fini. Ils étaient en vie et avaient vengé les innocents sauvagement assassinés par ce monstre de la famille.

— J'ai visé le cœur, dit-elle dans un tremblement.

— J'ai visé la tête.

Tous deux, dans les bras l'un de l'autre, commençaient à soupirer par à-coups, comme si leurs poumons avaient oublié qu'ils pouvaient se gonfler en une seule grande inspiration. Un bruit de chute à côté de la fenêtre les saisit d'effroi. Ils se retournèrent tous les deux d'un bloc, chacun gardant un bras autour de la taille de l'autre et visant avec l'autre bras l'endroit d'où le bruit était venu. Constance s'était évanouie et gisait par terre. Stuart et Elsie relevèrent leurs armes puis, soulagés, se séparèrent.

◆ ◆ ◆

Constance reprenait peu à peu ses esprits. Quand elle vit le visage bleu d'Elsie penché sur elle, elle se surprit à caresser la joue meurtrie de sa nièce par alliance. Elsie avait été blessée pour la défendre et Constance se demandait comment elle pourrait s'acquitter un jour d'une telle dette. Elsie l'aida à se remettre sur pied et l'accompagna vers la chambre.

Juliane était encore assommée quand Stuart la ligota avec vigueur. Il était hors de question que cette furie échappât à la justice. Stuart avait toujours haï du plus profond de son être les assassins. Qui étaient-ils cette bande de dégénérés pour s'octroyer le droit de vie ou de mort sur leurs semblables ? Si Stuart avait dû trouver une bonne raison de poursuivre son travail d'enquêteur, la chasse aux tueurs aurait figuré en belle place dans sa liste. Il achevait de serrer les derniers liens quand Simon entra dans la chambre.

Dans le couloir, Monsieur Miles, éclairé par Madame Travis, détachait Albert et Édouard. Quand il fut délivré, Albert inspecta avec circonspection du bout des doigts les multiples plaies qui jalonnaient son crâne. Pour sa part, Édouard osait à peine toucher sa mâchoire. *Juliane... Le tueur était Juliane. Mais pour quelles raisons cette folle s'était-elle déchaînée sur sa famille ?* Monsieur Miles aida Édouard à se relever, puis tous deux remirent Albert sur pied. Ce dernier avait en tête une multitude de questions à poser. Toutefois, il sentait que le moindre mouvement allait lui coûter une somme considérable de douleurs. Aussi, convint-il avec lui-même de se montrer précis dans ses propos, s'il voulait comprendre ce qu'il venait de se passer sans souffrir le martyre. Les deux beaux-frères se laissèrent guider vers le rez-de-chaussée par le majordome.

Alors que tous convergeaient vers l'escalier, Simon apparut tenant fermement Juliane, les mains liées dans le dos. Les autres s'arrêtèrent et laissèrent passer celle qu'ils côtoyaient depuis tant d'années et qui était devenue leur ennemie mortelle. Simon guidait Juliane dans l'escalier quand celle-ci se jeta tête la première en avant. Sur ses gardes, Simon la retint et la conduisit intacte au rez-de-chaussée. Juliane n'échapperait pas à la justice des hommes par ce stratagème.

Éclairé par Monsieur Miles, Stuart fouillait avec empressement le fond de l'armoire dans la chambre d'Arthur et de Beatrice. Il repoussait les vêtements, les sacs et les souliers encombrant le meuble pour atteindre les recoins les plus inaccessibles quand, soudain, il sentit sous ses doigts le contact de ce qu'il recherchait. Stuart saisit la corde et la sortit du meuble avec un air de triomphe. Monsieur Miles fixait l'objet d'un air abattu.

◆ ◆ ◆

Dans le salon, Madame Travis, l'intendante, avait organisé une pharmacie de fortune avec l'aide de Grace. Assis côte à côte sur les canapés tendus de chintz, les blessés tentaient de soulager leurs maux. Édouard tenait un linge blanc contre la plaie qu'il avait à la tête ; Albert, plus abîmé, se faisait bander le crâne par Grace ; Stuart appliquait un cataplasme sur son épaule ; quand Elsie plaquait un emplâtre contre sa joue et touchait avec précaution sa lèvre fendue. Elsie n'était pas très coquette mais elle avait toujours aimé sa bouche et se demandait si cette plaie allait laisser une marque sur son visage. Madame Travis observait les bleus qui apparaissaient sur le cou de la jeune femme avec une grimace douloureuse. À côté, assise dans un fauteuil, Constance buvait un verre de lait chaud.

Elle contemplait avec horreur et fascination les blessures des uns et des autres.

Monsieur Miles, pour une fois à deux doigts de perdre son sang-froid, arriva fort contrarié dans le salon, suivi par l'inspecteur Damian Brown et un policier en armes. Peter était allé les chercher en toute hâte à l'auberge, non loin du manoir, où ils avaient décidé de descendre le temps de l'enquête. Quand ils entrèrent, les deux hommes eurent un mouvement de stupéfaction en voyant la ligne d'éclopés leur faisant face. L'inspecteur comprenait mieux désormais la réticence du majordome à le conduire aux membres de la famille ayant supprimé l'un des leurs, sous prétexte qu'il était le prétendu tueur. Au vu des blessures occasionnées à ses adversaires d'un soir, Damian Brown envisageait dorénavant que le tué ait pu constituer une certaine menace... Toutefois, il voulait des explications... Non, il exigeait des explications ! L'inspecteur hésita pourtant à se montrer trop tranchant. Devant cette rangée de ladies et de gentlemen amochés, la surprise et l'incompréhension prirent le dessus sur sa fureur première.

— Quand vous vous en sentirez capables, commença-t-il, je souhaiterais avoir quelques éclaircissements.

Stuart se leva, maintenant le cataplasme en place sur son épaule.

— Avant tout, Monsieur l'inspecteur, je souhaiterais que vous vous assuriez de la personne de Miss Juliane Jones, complice de Monsieur Arthur Worthington dans les meurtres ayant endeuillé notre famille.

— Oui, bien sûr. Nous allons le faire à l'instant mais je tiens à avoir des explications sur ce...

— Vous les aurez, trancha Stuart.

Il se rassit sans plus se préoccuper des deux policiers. Monsieur Miles entraîna à sa suite l'inspecteur et l'agent, puis revient un bref instant sur ses pas et fit un signe négatif à Stuart avant de disparaître. Ce dernier fut soudain le point de mire de l'attention.

— Que se passe-t-il ? osa Elsie.

— Une mauvaise nouvelle… Conrad a disparu, répondit son cousin.

Albert fit un bond sur son canapé et il lui en coûta. Toutefois, il décida de ne pas s'intéresser à ses douleurs pour le moment et articula :

— Vous n'allez pas me dire que le père était complice…

Édouard s'écroula contre le dossier, sans plus apporter aucun soin à sa tenue.

— Mais nous n'en sortirons jamais ! grommela-t-il.

Madame Travis s'approcha de Stuart avec quelque insistance. Elle voulait poser une question mais n'osait pas le faire. Stuart lui fit signe de prendre la parole.

— Est-il dangereux ?

— Je ne sais pas, Madame Travis. Je pensais que Conrad était le complice d'Arthur mais je me suis trompé. Maintenant, quant à savoir si Conrad était le complice de sa fille et d'Arthur ou non, le fait qu'il ait disparu ne plaide guère en sa faveur.

Philosophe, Albert ressortit son arme de sous son gilet et en vérifia le barillet. Édouard se redressa et posa la main sur son fusil, le flattant de petites tapes comme il l'aurait fait à un bon chien. Elsie tâta la grande poche de sa robe bleu nuit et acquiesça en sentant son arme à travers le tissu. Stuart sentit son arme contre son côté et réajusta le cataplasme sur son épaule avec une grimace.

La nuit n'était pas encore terminée.

Soudain, trois coups de revolver résonnèrent dans la maison. Les quatre éclopés se levèrent comme un seul homme et se ruèrent vers la porte d'entrée quand Monsieur Miles entra avec précipitation.

— Conrad ! Il était en train de libérer sa fille quand les policiers sont arrivés. L'agent qui accompagnait l'inspecteur l'a abattu alors qu'il menaçait Madame Grant.

— Comment va-t-elle ?

— Elle a eu peur mais elle n'est pas blessée.

— Et Juliane ? s'inquiéta Elsie.

— L'inspecteur et le policier sont en train de l'emmener.

Un long silence suivit. Chacun évaluait les chances que cette épouvantable nuit soit désormais achevée sans oser y croire. Stuart fut le premier à regagner son canapé.

— Bien. Nous sommes fixés maintenant, conclut-il.

Albert parut désemparé. Il rejoignit Stuart sur le canapé avant de préciser :

— Pas tout à fait, cher cousin... Pour ma part, de nombreux éléments m'échappent dans cette histoire.

Édouard s'approchait en massant sa mâchoire douloureuse.

— C'est certain qu'une ou deux explications seraient les bienvenues.

Elsie regagna la dernière le confort des canapés, clopin-clopant. Elle avait mal partout !

— Nous allons attendre l'inspecteur... dit-elle. Il sera peut-être intéressé par nos explications après tout.

Elle grogna en se rasseyant.

— J'ai l'impression d'avoir été rouée de coups...

Stuart sourit avec gêne. Il regarda Elsie avec un mélange de compassion et d'admiration.

— Vous avez été rouée de coups, ma chère cousine.

Elsie observa Stuart. Osait-il se moquer d'elle avec ce qualificatif ? Après la nuit qu'ils venaient de passer ? Elle ne trouva que de la bienveillance dans le regard bleu-vert de son cousin et en conclut qu'il devait être sincère. Elle était donc devenue la « chère » cousine de Monsieur Stuart Spencer...

— C'est vrai. Et bien cela fait mal.

— Certes et vous m'en voyez désolé. Je devais supporter le plus fort de l'attaque et les rôles ont été inversés.

— Le grenier. C'est cela qui nous a trahis. La prochaine fois, je vérifierai le grenier en priorité, maugréa Elsie.

— La prochaine fois ?

Stuart sourit et regarda sa cousine avec chaleur. *Quelle drôle de petite dame...*

Chapitre 11

Au petit matin, les premières lueurs du jour commençaient à poindre à travers les fenêtres du salon. Stuart et Elsie faisaient face à une petite assemblée hétéroclite, réunie à leur demande afin que chacun puisse entendre l'entier récit des événements déplorables ayant endeuillé la famille Worthington. Selon Stuart, rien n'était pire que de laisser de côté certaines personnes qui n'avaient alors que leur imagination pour combler les trous dans les histoires. Madame Travis, Madame Grant et Monsieur Miles avaient été invités à écouter leurs explications et se tenaient en retrait, assis sur de simples chaises. L'inspecteur Brown avait aussi été convié et s'était octroyé un fauteuil de choix. Il ne voulait rien manquer de l'extraordinaire enquête qui le ferait passer, à coup sûr, pour le dernier des crétins. Bien qu'il fût moins furieux que quelques heures auparavant, l'inspecteur n'entendait pas passer pour un imbécile aux yeux de cette assemblée et s'apprêtait à interrompre le récit des deux enquêteurs amateurs à la moindre occasion. William, Alice, Constance, Adélaïde, Albert et Édouard étaient pour leur part réunis sur les canapés. Seule Beatrice avait refusé de se joindre à eux. Quand tous se furent assis, Stuart se leva et débuta :

— Lorsque Henry m'a demandé de venir enquêter sur la mort de Mary, je ne pensais pas tomber sur des meurtriers aussi forcenés. Henry était persuadé que la mort de Mary n'était pas le fait d'un rôdeur mais bien un crime ayant été perpétré par l'un de ses familiers. Il avait raison. Quand il a été assassiné à son tour, j'ai considéré que son meurtre était la suite d'une série commencée avec Mary. L'une des explications possibles de ces crimes était la décision d'Henry de changer son testament et sa volonté de réintégrer sa sœur, Violette, ma mère, dans ses droits successoraux. Cependant, juste avant sa mort, Henry m'avait précisé qu'il avait déjà changé son testament une dizaine de jours avant mon arrivée et que j'étais le premier auquel il l'annonçait.

Stuart fit signe à Elsie de continuer, à la plus grande stupéfaction d'Adélaïde. Édouard, quant à lui, ne broncha pas. Il s'habituait à ces situations extravagantes où son flegme était mis à rude épreuve.

— Stuart et moi-même, poursuivit la jeune femme, apprîmes ensuite l'existence d'une trappe permettant d'espionner le bureau d'Henry depuis le grenier. Nous avons alors réalisé que le meurtrier devait déjà être informé du changement de testament et de la réintégration de Violette dans ses droits. Dans ce cas, quel était le motif des meurtres ? Henry avait précisé à Stuart qu'il devait revoir son notaire sans pour autant dévoiler le but de cette rencontre. Nous piétinions quand la mort des trois enfants de la famille revint dans nos conversations avec Constance puis avec mère. Henry avait perdu deux fils : Walter, à peine âgé d'un an, et Philip, âgé d'une vingtaine d'années. Le premier était mort étouffé dans son sommeil ; le second avait péri suite à une chute de cheval. Père et mère avaient perdu, quant à eux, un fils, Charles, mort noyé.

Stuart se tourna alors vers William.

— Je me suis alors rapproché de vous, William, pour obtenir plus de détails sur la mort de vos frères et de votre cousin. La seule évocation de leurs prénoms a suffi à vous plonger dans une crise de panique, comme j'en ai rarement vue dans ma vie. Cet élément m'a confirmé que la mort d'au moins l'un de ses enfants n'était pas naturelle. Les soupçons que Charlotte avait exprimés sur votre implication dans la mort de Charles et, avant lui, dans celle de Walter me poussèrent à vous interroger.

William se leva d'un bond.

— Je suis innocent ! hurla-t-il.

— Je sais, William. Il existait deux solutions au choc que vous aviez subi : soit vous aviez tué accidentellement l'un ou l'autre de ces enfants, soit vous aviez assisté à un crime commis par votre autre frère, Arthur. Était-ce un accident ? Un acte délibéré ? La suite sanglante qu'a laissée derrière lui Arthur nous montre qu'il ne s'agissait que du premier meurtre perpétré par cet être dégénéré.

William s'effondra sur le canapé et se balança d'avant en arrière, le regard dans le vide. Il n'était plus vraiment assis avec eux, il plongeait dans les plus sombres souvenirs de sa vie et, pour la première fois, parvint à décrire ce qu'il voyait :

— Je l'ai vu étouffer Walter avec un coussin. Il faisait sombre mais je l'ai vu. Walter avait hurlé toute la nuit et je ne l'ai plus entendu. Je me suis levé et quand je suis entré dans la chambre du bébé, j'ai vu Arthur, debout sur une chaise à côté du couffin. Il maintenait avec rage un coussin sur le visage de notre frère. Je ne sais pas s'il avait l'intention de le tuer. Il voulait peut-être faire cesser ses pleurs… Puis, il a tourné les yeux vers moi et ce regard m'a glacé le sang. Aujourd'hui encore, ce regard hante mes nuits et me pétrifie jusqu'aux tréfonds de mon âme.

William n'en avait pas fini avec ses souvenirs et, tout en se balançant, il poursuivit :

— Je l'ai vu près de l'étang. C'était une belle journée ensoleillée. Il avait fait chaud, j'avais dix-sept ans et je m'étais endormi au pied d'un arbre. Un mouvement dans l'herbe près de moi m'a fait me réveiller en sursaut. J'ai vu Arthur penché au-dessus de moi et il avait ce regard, ce sourire sinistre, le même qui m'avait fait m'enfuir quand j'avais neuf ans. J'ai uriné dans mon pantalon. J'ai uriné et cela m'a sauvé la vie. Arthur s'est mis à rire, à rire, à rire à en perdre la tête et il est parti. Je me suis levé et j'ai vu le corps de Charles apparaître, la tête enfoncée dans l'eau. J'ai perdu l'esprit et l'usage de la parole.

William eut un mouvement glacé, un frisson le parcourut de part en part. Il sembla s'éveiller d'un mauvais rêve et porta toute son attention sur Stuart.

— Pour Philip, je n'ai rien vu mais Arthur le détestait. Il le vomissait, hurlait sa rage de ce frère plus jeune, plus beau, plus intelligent. Un jour, il m'a dit qu'il était si simple de saboter une selle…

Tous restèrent figés un moment. En larmes, Alice saisit la main de son époux.

— Tu ne bégaies plus, mon amour.

William n'avait pas bégayé une seule fois, tout au long de son récit. Stuart avait déjà entendu parler de tels phénomènes. Des hommes avaient perdu l'usage de la parole sur le champ de bataille. Les médecins mettaient ces troubles sur le compte des chocs subis pendant la guerre. Si tel était le cas, il se pouvait fort bien que le choc occasionné par la vue d'un meurtrier au plus fort de sa rage criminelle puisse créer le même trouble ; comme le fait de se libérer du poids de ce qui hantait pouvait abolir lesdits troubles.

— Pourquoi ne rien avoir dit, alors que nous recherchions un meurtrier, s'indigna Elsie.

William se tassa dans le fauteuil.

— J'avais des soupçons… mais pas de certitudes. C'était trop grave et je ne voyais pas pourquoi Arthur aurait tué Mary ou père.

William s'effondra, s'enfonçant dans le canapé, pleurant sans pouvoir se contrôler. Alice le prit contre elle et se mit à le bercer avec tendresse. Chacun détourna les yeux. Cette scène intime n'aurait jamais dû avoir lieu devant les membres de la famille, les domestiques et, pire, un étranger, inspecteur de police de surcroît. Toutefois, cette nuit ne ressemblait à nulle autre et, quand William se fut un peu calmé, Stuart et Elsie reprirent le fil de leurs explications.

Elsie marcha de long en large pour réunir ses idées et

pour éviter que son corps ne s'engourdisse. Elle pressentait qu'une fois son corps au repos, elle allait souffrir le martyre.

— Nous savions désormais que la longue liste des meurtres dans ce manoir ne commençait pas avec Mary, mais bien plus tôt avec Walter, Charles ou Philip ou les trois. Toutefois, nous n'étions pas plus avancés sur les crimes les plus récents. Les suspects ne pouvaient être que des membres de la famille ou des domestiques présents depuis de nombreuses années. En outre, l'individu que nous avions affronté était un homme. Restait à savoir lequel ? Pourquoi William ou Arthur aurait-il voulu assassiner Mary ? Qu'apporterait à l'un ou l'autre la mort de leur père ? William et Arthur vivaient déjà grassement des rentes qu'il leur servait sans avoir à travailler pour cela. Dandy et fainéant notoire, Arthur ne retirait aucun bénéfice à devoir désormais gérer les industries d'aciéries avec son frère. Quant à William, la nouvelle situation lui apportait davantage d'ennuis que de bénéfices.

— C'est alors que le personnage de Charlotte revint au premier plan, continua Stuart. Elle qui avait été capable de pardonner à sa fille une grossesse illégitime, de convaincre sa sœur Doris, de partir avec Violette aux Indes afin de la soutenir, Charlotte qui était aussi capable d'une grande empathie pour Robert et Adélaïde lors de la mort de Charles, cette même Charlotte était incapable d'aimer son fils aîné Henry.

— Pourtant, Henry, homme de bien, était respecté tant dans sa famille que dans ses affaires, poursuivit Elsie. Alors pourquoi était-il tant haï par sa mère ? Cathy m'offrit la première piste de compréhension de ce problème. Elle me fit part d'un souvenir qu'elle avait de Charlotte sur son lit de mort lui disant : « Toi, au moins, tu n'es pas une bâtarde ». Quand elle nous a précisé qu'Arthur l'avait précédée dans la chambre de Charlotte, nous avons cru qu'Arthur était un enfant illégitime, qu'il le savait et que, par vengeance, il avait assassiné ses frères et son cousin, puis son père mais, dans ce cas, que venait faire le meurtre de Mary au milieu ?

— La réponse était insoupçonnable, reprit Stuart. L'illégitimité qui frappait la famille ne se cantonnait pas à une personne mais à toute une branche de la famille. Charlotte haïssait du plus profond de son être Henry car il n'était pas son fils mais celui de son époux Conrad et de sa toute jeune bonne, Mary. Conrad a obligé son épouse à simuler une grossesse en plaçant des linges sur son ventre pendant les derniers mois de la grossesse de Mary pour finalement pouvoir adopter en tant qu'héritier le fils tant espéré que lui donnait la bonne. Ce sont, je suppose, les dernières paroles qu'Henry a essayé de prononcer : « Ma mmè… », « Ma mère est Mary ».

Une douleur vive et foudroyante rappela à Stuart qu'il ne pouvait pas se tenir immobile trop longtemps. Il marcha un peu, cédant la parole à Elsie :

— L'humiliation de Charlotte, subie dans son rôle d'épouse et de mère, se transforma en une haine farouche à l'encontre de Conrad et d'Henry quand, après plusieurs années de mariage, elle eut un fils légitime, Robert. Charlotte se décida alors à écrire un journal pour laisser une trace de ce qui, pour elle, était une souillure. Les manœuvres de son mari l'avaient obligée à adopter un enfant illégitime qui déshéritait désormais son fils légitime Robert. Combien de temps le secret fut-il gardé ? Nous l'ignorons. Toutefois, quand Mary fut prise de sénilité et qu'elle commença à raconter qu'Henry était son fils, Henry a su le lourd secret de famille qui assombrissait sa naissance. Homme droit, juste et avisé, il ne voyait pour lui succéder que ses deux fils qu'il jugeait bien incapables de gérer ses affaires alors qu'il appréciait la loyauté de son frère Robert et l'intelligence de son neveu Édouard.

Stuart revint au côté d'Elsie et continua :

— Nous en revenons à la réunion de famille organisée par Henry afin d'annoncer à tous un changement de testament. Toutefois, il ne s'agissait pas du testament qu'il avait déjà fait et qui reconnaissait les droits de Violette sur la succession, il s'agissait bien d'un autre testament qui déshéritait William et Arthur au profit de la branche cadette et légitime de la famille : Robert et ses enfants. Arthur qui avait déjà étranglé Mary afin que plus personne ne puisse entendre l'histoire de la naissance d'Henry, décida d'empoisonner son père, avec la complicité de Juliane, avant qu'il ne puisse établir son nouveau testament et le déshériter. En tant que domestique, Juliane pouvait aller et venir à sa guise et verser du poison aussi souvent que nécessaire dans les carafes d'Henry. Par sécurité, Arthur avait aussi décidé d'assassiner Constance, ignorant ce qu'Henry avait pu confier à sa nouvelle épouse. C'est alors qu'il est tombé sur moi dans le couloir, qu'il a tiré sur Monsieur Miles et affronté Elsie. Parti en courant, il a sauté par une fenêtre du rez-de-chaussée, s'est éloigné de quelques mètres du manoir pour brouiller les pistes, puis est revenu, laissant quelques traces dans sa précipitation et arrachant un morceau de mousse en regrimpant dans sa chambre. Avec l'aide de Monsieur Miles, nous avons retrouvé dans le fond de son armoire la corde qu'Arthur avait utilisée ce soir-là pour regagner le premier étage. Beatrice, son épouse, préalablement droguée, n'a rien entendu, pas même quand Albert a défoncé la porte à coups de pieds. Cet élément m'a intrigué car, bien que chacun s'accordât sur le fait que Beatrice prenait trop de drogues pour dormir, comment pouvait-elle demeurer endormie à ce point alors que la moitié de la famille se trouvait dans sa chambre ? Elsie et moi avons alors soupçonné Arthur d'être le tueur. Il était jeune, en bonne santé, grand, était toujours présent au manoir mais nous n'avions pas de preuves. Juste des soupçons. Pire, l'assassinat de Robert venait embrouiller nos conclusions puisque Arthur ne pouvait être son assassin.

— Nous devions relancer notre enquête et nous nous sommes mis à la recherche du carnet de Charlotte. Quand Stuart a fouillé la chambre de Constance, l'ancienne chambre de Charlotte, il a retrouvé l'épingle à cravate d'Arthur sous le lit. Nous avons alors compris qu'Arthur recherchait la même chose que nous : le carnet. Heureusement, les deux sœurs, Charlotte et Doris, avaient reçu en cadeau de leur père les mêmes lits, dans lesquels un tiroir avait été installé et Stuart, qui connaissait le secret du lit de Doris, a pu trouver le carnet avant Arthur. Sans se carnet, l'illégitimité de la branche aînée des Worthington serait demeurée un secret à jamais.

Stuart sortit le carnet de sa poche et, s'approchant de l'inspecteur, le lui tendit.

— Monsieur l'inspecteur, vous trouverez à l'intérieur de ce carnet la confirmation que Charlotte a été obligée de simuler une grossesse, qu'elle a été obligée d'adopter le fils illégitime de Conrad et de Mary en tant qu'héritier, qu'elle avait des doutes sur la mort de Walter et que ses doutes ont été confirmés par la mort de Charles et de Philip. Vous apprendrez aussi l'existence d'un deuxième fils de Conrad et Mary.

L'inspecteur accepta de bonne grâce le petit cahier jauni. Il feuilleta avec précaution le carnet de Charlotte, lisant de temps en temps quelques phrases qui le convainquirent en moins d'une minute de l'exactitude du récit qu'il venait d'entendre. Il soupira. Il s'était bel et bien conduit en crétin et allait devoir assumer ses insuffisances. Perdu dans ses pensées, l'inspecteur ne remarqua pas qu'Albert se tournait et se retournait vers lui avec incompréhension. N'y tenant plus, il demanda :

— Le deuxième fils ? Quel deuxième fils ?

Stuart sourit et céda la parole à Elsie.

— Conrad a eu un deuxième fils avec Mary mais, celui-là, il ne l'a pas adopté. Il l'a gardé au manoir et, par défi probablement, lui a donné son prénom : Conrad, le jardinier. Je dois avouer que lorsque j'étudiais la liste des suspects, Arthur et Conrad figuraient en bonne place mais je ne me suis pas méfiée de Juliane. Pourtant, c'était logique. Conrad était le dernier à avoir vu père le matin où il a été assassiné mais ni Conrad, ni Arthur n'avaient eu la possibilité de le tuer. C'était donc Juliane qui...

La voix d'Elsie dérailla. Stuart posa une main fraternelle sur son épaule et poursuivit :

— Juliane qui a assassiné Robert à coups de matraque. Pour quelle raison ? L'envie, la jalousie, l'opportunité. Je pense que Conrad, le jardinier, a toujours su qu'il était le fils illégitime de Conrad Worthington. Quand a-t-il compris qu'Henry était en réalité son frère ? Probablement en même temps qu'Henry, grâce aux souvenirs chaotiques de Mary. Le coup a été aussi cruel pour lui que pour sa fille Juliane. Par la volonté de leur père et grand-père, ils servaient au lieu d'être servis. Conrad et Juliane n'ont alors eu de cesse que de se venger. Nous ignorons quand et comment Arthur, Juliane et Conrad ont décidé de s'allier mais les rumeurs d'une liaison adultère existant entre Arthur et Juliane montrent que cette alliance date de l'année dernière. Toutefois, en lieu et place d'une liaison amoureuse, il s'agissait d'un complot visant à l'élimination d'une famille. Combien de temps cette alliance aurait-elle duré avant qu'Arthur ne tentât d'assassiner ses complices ou que Conrad et Juliane ne se retournent contre lui, nous l'ignorons et ne le saurons jamais.

— Deux voire trois meurtriers travaillaient de concert, reprit Elsie. Arthur poussé par sa volonté de conserver sa place prééminente dans l'ordre successoral ; Conrad, l'enfant rejeté, qui trouvait dans la haine d'Arthur un moyen d'assouvir sa propre vengeance ; Juliane, qui se trouvait du côté des domestiques alors qu'elle aurait pu être du côté des maîtres. Je suppose que la police confirmera cet élément lors de son interrogatoire. Pour notre part, nous en avons fini avec ces sombres secrets et nous nous tenons à la disposition de Monsieur l'inspecteur pour tout détail qu'il souhaiterait obtenir.

Un silence de plomb tomba sur le salon. Nul n'osait poser de questions. Comment Stuart et Elsie avec les pauvres indices glanés çà et là avaient-ils pu reconstruire de tels événements, nul ne le savait. Il fallait que leurs deux esprits s'accordassent avec une particulière acuité pour obtenir de tels résultats. Alors que Stuart se dirigeait vers un fauteuil pour s'asseoir, Elsie le suivit sous les regards éberlués d'Adélaïde et d'Édouard. La petite fille qu'elle était encore deux jours auparavant à leurs yeux avait disparu et laissait place à une enquêtrice de premier ordre. L'inspecteur se leva, tenant avec soin le carnet entre ses mains.

— Miss Worthington et Monsieur Spencer, je vous dois des excuses.

Stuart et Elsie se sourirent, fatigués, meurtris mais apaisés. L'un et l'autre avaient trouvé dans cette épouvantable aventure bien plus que la vérité, ils avaient gagné un allié, un être avec qui affronter la vie et l'avenir.

Chapitre 12

Dans le bureau d'Henry, William et Édouard étaient installés et lisaient chacun un gros volume de comptabilité. Ils avaient travaillé sans pause ni repos depuis un long moment, au vu des tasses et des verres empilés sur une petite desserte à côté du bureau. William, en homme honnête, avait accepté de céder la tête de la famille à son cousin Édouard. Toutefois, celui-ci déjà engagé dans ses propres affaires ne souhaitait pas devoir renoncer à Londres pour venir gérer les aciéries depuis la campagne. Il était donc convenu avec William de se partager les tâches dans la gestion des affaires Worthington, ce qui incluait en premier lieu la lecture des monceaux de papiers encombrant le bureau d'Henry.

Par la porte ouverte, Édouard, qui relevait un peu la tête de son livre, vit passer Albert.

— Albert !

Étonné, l'époux de Cathy reparut dans l'encadrement de la porte.

— Puis-je vous être utile ?

Édouard se leva et posa le livre ouvert sur son fauteuil.

— Oh, oui, beau-frère ! William et moi-même avons commencé à consulter les documents d'Henry et nous comprenons mieux sa vision économique désormais. Toutefois, il nous serait utile d'avoir votre opinion puisque vous partagiez son point de vue…

Albert en resta sans voix. Lui qui avait toujours été traité par le mépris ou, dans le meilleur des cas, avec une indifférence polie, allait avoir voix au chapitre.

— Avec joie.

Albert entra, regarda les documents étalés sur le bureau. Il fouilla un peu et retira deux feuillets d'une pile qu'il tendit à William et Édouard avec un large sourire.

♦ ♦ ♦

Une voiture, remplie de malles, de boîtes, de coffres et d'autres contenants, attendait devant le manoir. Anna et sa nurse avaient déjà pris place à l'intérieur. Sur le perron, William et Alice regardaient avec incrédulité Beatrice, en vêtements de voyage, les quitter. La veuve d'Arthur monta dans la voiture, tapa quelques coups secs contre la cloison et, sans un adieu, sans un regard, partit loin de ce lieu maudit où elle avait perdu les plus belles années de sa vie.

♦ ♦ ♦

Dans sa chambre, Constance, les traits tirés, triait ses affaires. Elle, d'habitude d'un naturel si enjoué, contemplait avec mélancolie la chambre donnant sur le boudoir bleu. Elle avait aimé l'atmosphère un peu désuète de cette pièce surchargée de broderies anglaises mais elle devait désormais céder le pas à la nouvelle maîtresse de maison. Avec l'aide de Rose, elle sortait ses robes des armoires et faisait deux tas sur son lit.

Sans qu'aucune des deux femmes ne s'en aperçoive, la porte d'entrée pivota sur elle-même et Alice entra.

— Que faîtes-vous, Constance ? demanda-t-elle.

Surprise, l'intéressée sursauta et se tourna d'un bond vers Alice. Voyant sa belle-fille, elle la salua d'un geste bref mais non sans chaleur. Après tout, Alice n'était pas responsable de son destin.

— Je libère ma chambre, Alice. C'est celle de la

maîtresse de maison et je ne le suis plus désormais.

Alice en fut stupéfiée. Jamais il ne lui était venu à l'idée de disputer ce privilège à sa jeune belle-mère... En outre, pour être parfaitement honnête, il ne lui revenait pas de disputer ce privilège puisque le nouveau chef de famille était Édouard. À sa connaissance, Victoria ne s'intéressait guère à cette chambre dans laquelle elle ne passerait que quelques rares nuits dans l'année, préférant demeurer à Londres, dans l'hôtel particulier qu'elle partageait avec son époux. Alice fut peinée de constater que Constance croyait devoir partir. Elle appréciait son grand cœur et n'avait jamais eu à se plaindre du comportement de la jeune femme.

— Je n'ai pas l'intention de changer de chambre. De plus, je ne pense pas me tromper en affirmant que Victoria ne le souhaite pas non plus.

Étonnée, Constance regarda Alice comme si elle la rencontrait pour la première fois. Cette dernière lui sourit avec chaleur et s'approcha soudain, prenant ses mains dans les siennes.

— Je veux que vous vous sentiez libre de rester au manoir autant de temps que vous le souhaiterez, Constance. Nous sommes de la même famille et nous nous aimons, même si une telle affirmation semble étrange après les derniers événements. J'ai perdu assez de personnes autour de moi, je n'en chasserai pas une autre pour une stupide question de préséance.

Rose observa les deux femmes, regarda la robe qu'elle était en train de plier puis la rangea de nouveau dans l'armoire. Constance restait bouche bée, puis un sourire doux et lumineux apparut peu à peu sur son visage. Elle n'avait plus souri ainsi depuis la mort d'Henry et remercia en silence Alice de lui rappeler ce qu'était l'amour d'une famille.

♦ ♦ ♦

Une fine pluie tombait sur la campagne anglaise quand la voiture d'Édouard s'arrêta devant une belle maison bourgeoise. Moins impressionnante que le manoir Worthington, cette demeure était tout de même de très belle facture. Blottie sous le perron, Cathy attendait avec impatience l'arrivée de sa famille en compagnie de plusieurs domestiques. À son grand soulagement, la porte de la voiture s'ouvrit aussitôt. Albert et son chapeau melon en sortirent les premiers, pour être à l'instant abrités par le valet de pied et son large parapluie marron. Albert rejoignit Cathy en deux enjambées et, contre toutes les règles les plus élémentaires de la bienséance, il serra sa poupée de porcelaine dans ses bras.

Édouard descendit en deuxième et tendit la main à Adélaïde pour l'aider à descendre de la voiture. Adélaïde eut un mouvement de contrariété devant le manque de tenue de son gendre mais le souvenir de Robert, si joyeux, si calme et pondéré, lui revint à l'esprit et lui coupa presque le souffle. Elle ne se pardonnerait jamais de n'avoir pas assez dit à son époux qu'elle l'aimait. Désormais, il était parti et elle ne pourrait plus réparer la froideur que les bonnes manières lui avaient imposée. Adélaïde passa à côté d'Albert et de Cathy sans faire la moindre remarque, leur accordant simplement un sourire triste. Cathy et Albert se regardèrent l'un l'autre, conscient qu'un changement drastique avait atteint leur mère et belle-mère.

Pendant ce temps, Elsie sortait de voiture et sourit, avec douleur à sa sœur. Sa lèvre n'était pas cicatrisée et se rouvrait à chaque occasion. Cathy se tétanisa à la vue du visage de sa sœur. Des bleus partout, une vilaine griffure au-dessus de l'arcade sourcilière et une plaie à la bouche ornaient le visage d'Elsie. Cathy se précipita sur sa sœur, regardant avec effroi les marques du combat. Elle émit un petit cri étouffé quand elle vit le cou de sa sœur. Malgré un foulard noué avec style, les marques violettes de l'étranglement qu'elle avait subi, apparaissaient dans toute leur violence. Cathy en fut figée de surprise et d'horreur.

Elle avait été tenue informée par télégramme des derniers événements mais personne n'avait songé à lui dire ce qu'Elsie avait enduré pour abattre ce monstre, pas même l'intéressée…

— Elsie, tu…

— Que veux-tu, Cathy, quand on se bat, on prend des coups !

Ayant assené cette vérité, Elsie monta les marches du perron et disparut dans le bâtiment. Stuart était descendu entre-temps et n'osait pas affronter Cathy. Il se sentait si responsable des blessures de sa cousine… Encore un peu figée, Cathy s'accrocha finalement à son bras et le guida autant qu'il la soutenait vers la maison.

Quelques jours plus tard, la voiture atteignit Londres. Édouard ne se sentait plus de joie. Il allait enfin retrouver sa vie paisible de Londonien, son club, ses affaires, sa Victoria et ses enfants. Il contempla son hôtel particulier comme s'il se fut agi du palais de Buckingham. Puis, il porta son attention sur ceux qui l'attendaient et eut l'embarrassante surprise de ne pas y trouver son épouse. Seuls le majordome et l'intendante patientaient à l'entrée. Édouard s'assombrit et, sans plus se préoccuper ni de sa mère, ni de Stuart, ni d'Elsie, il entra en trombe chez lui, bien décidé à trouver où Victoria pouvait se cacher.

Adélaïde, Stuart et Elsie entrèrent à sa suite et constatèrent qu'Édouard se dirigeait d'un pas ferme vers une pièce d'où provenait des sons métalliques. Au fur et à mesure qu'ils progressaient dans le couloir, un bruit d'épées s'entrechoquant devint de plus en plus clair. Arrivé dans le jardin intérieur, Édouard se glaça sur le pas de la porte. Stuart et Elsie eurent ainsi l'occasion de le rattraper et virent ce qui avait tétanisé leur frère et cousin : Victoria avait fait reléguer les plantes en pot dans un coin de la pièce et prenait un cours d'escrime en compagnie d'un vaillant maître d'armes. Adélaïde, qui avait rejoint son fils, en resta bouche bée, se figeant au côté d'Édouard. Stuart et Elsie sentirent un rire frénétique monter en eux, les submerger et éclater, éclaboussant sur son passage tous ceux qui souhaitaient donner un caractère dramatique à cette découverte.

◆ ◆ ◆

Cinq mois plus tard, avril 1891

L e soleil de printemps réchauffait le corps et l'âme des Londoniens. Dans une rue animée du centre de la capitale britannique, Stuart marchait à grands pas. Toujours armé de sa canne, il arpentait avec gaieté la rue bondée, loin des embarras de sa blessure passée. Certes, il boitait toujours mais le climat et les médecins d'Angleterre étaient parvenus à circonscrire l'infection qui l'avait obligé à quitter les Indes pour un climat plus sain. La mauvaise nouvelle avait toutefois été que Stuart ne pourrait pas regagner son pays de cœur avant plusieurs mois, voire plusieurs années. Toutefois, depuis qu'il avait rencontré ses cousins londoniens, l'ancien soldat se sentait moins seul. Il avait partagé à de nombreuses reprises la table d'Édouard et de Victoria et avait même été convié à passer les fêtes de Noël en compagnie de Cathy et d'Albert.

Si Stuart appréciait la compagnie de ses cousins, il aimait par-dessus tout passer du temps avec Elsie. La jeune femme ne ratait jamais une occasion de rencontrer ce cousin si bienveillant avec elle. Lors de leurs dernières rencontres, Elsie avait pris des airs de complot qui intriguaient Stuart et avaient le don de mettre en rage Édouard. Stuart se demandait quel étrange projet avait bien pu germer dans l'étonnante petite tête de sa cousine. Selon toute vraisemblance, il n'allait pas tarder à être fixé puisqu'il se rendait à l'invitation d'Elsie à une adresse inconnue où, semblait-il, son grand œuvre prenait corps.

Arrivé au lieu dit, Stuart, élégant et joyeux, lut une dernière fois le carton d'invitation avec attention.

> « *Mon cher Stuart, je vous invite à l'ouverture de mon agence et souhaite vivement que vous puissiez vous libérer pour cette occasion. Chaleureusement, votre cousine Elsie* ».

Désormais certain d'être arrivé à bon port, Stuart observa la maison en face de lui. Sans être de grand standing, la bâtisse semblait d'un âge respectable mais encore solide. Stuart toqua à la porte et, avant même qu'il n'ait eu le temps d'attendre, Elsie apparut, vêtue d'une robe vert clair, se saisit de son cousin et le tira à l'intérieur.

La porte se referma sur eux et Elsie accueillit son cousin, rayonnante de bonheur. Stuart pensa par-devers lui qu'il n'avait jamais eu l'occasion de voir sa cousine aussi heureuse. Même pendant les fêtes de Noël passées, Elsie avait gardé au fond du regard une trace d'une infinie tristesse qui éteignait toute sa lumière.

— Je suis si heureuse de vous voir ! Comment allez-vous, mon cher Stuart ?

— Fort bien mais pas aussi bien que vous ! Vous êtes lumineuse, Elsie !

Elsie tapa dans ses mains comme une enfant. Elle ne parvenait plus à contrôler la joie qui la submergeait.

— C'est que j'ai un grand projet dont je dois vous faire part. Mais, tout d'abord, comment va votre jambe ?

Stuart tapota d'une main légère sa jambe un peu raide.

— Il faut croire que l'air londonien est bénéfique malgré les poussières qui recouvrent tout. Je n'y croyais plus mais je retrouve enfin un peu de mobilité.

— Parfait ! Et avez-vous trouvé à vous loger ?

Stuart fut un peu décontenancé par la question. Depuis son arrivée à Londres, il vivait dans un foyer pour anciens militaires et ne parvenait pas à se loger. Édouard avait bien proposé de le recevoir mais Stuart ne souhaitait pas s'installer au milieu d'une famille. Il avait des habitudes de vieux garçon et y tenait !

— Je cherche encore. Londres est très cher…

Elsie prit son air de conspiratrice.

— Alors j'ai une proposition à vous faire. Mais entrez, que je vous fasse visiter.

Stuart était de plus en plus décontenancé. Il suivit Elsie dans l'entrée et découvrit deux bureaux spartiates. Puis, la jeune femme ne s'attardant pas sur ces deux pièces, il la suivit jusqu'à un escalier un peu raide mais praticable.

— Où sommes-nous, Elsie ?

La jeune femme prit une profonde inspiration. Elle s'apprêtait à jouer son va-tout mais Stuart ne parvenait pas à comprendre où elle voulait en venir.

— Vous savez que j'ai toujours voulu être indépendante…

Stuart acquiesça d'un signe de tête. Ce sujet était revenu à maintes reprises dans les conversations qu'ils avaient pu avoir tous les deux. Elsie osa enfin s'expliquer :

— Après notre enquête, j'ai pu convaincre Édouard de me faire confiance et de me laisser ouvrir ma propre agence de détectives privés.

Le visage de Stuart s'anima d'un sourire incrédule. Par quel stratagème inavouable était-elle parvenue à extorquer une telle autorisation au strict Édouard ?

— Pardon ? demanda-t-il en riant.

— Vous êtes dans l'agence Worthington ! Mais il y a une difficulté… Édouard pense qu'une agence dirigée juste par une femme est vouée à l'échec, alors il exige que vous soyez mon associé…

Si Stuart avait imaginé qu'il ne pourrait pas être plus surpris que par l'annonce de l'ouverture de l'agence Worthington, il avait eu tort. *Détective privé ? Avec Elsie ?* Stuart releva les sourcils avec surprise, sourit, puis regarda avec attention l'entrée donnant sur les deux bureaux.

Détective privé… Il inspira avec lenteur, mettant au supplice sa cousine qui attendait sa réponse. Sans l'accord de Stuart, il n'y aurait pas d'agence Worthington ! Sans lui, pas d'indépendance, pas de carrière, pas d'avenir digne de ce nom ! Stuart plongea son regard bleu-vert dans les yeux noisette d'Elsie.

— Détective privé… Pourquoi pas…

— Vous acceptez ? hurla presque la jeune femme.

Stuart sourit et s'inclina légèrement pour saluer sa nouvelle associée.

— Oui, cousine, j'accepte avec grand plaisir.

Elsie sauta en l'air de joie. Elle criait son bonheur, elle était enfin délivrée de la fatalité d'être née femme sous la reine Victoria ! Elle pirouettait, perdant la tête dans un tourbillon d'allégresse. Saoulée par tant d'émotions, elle s'adossa au mur du couloir pour retrouver pied dans la réalité. Soudain, elle attrapa la main de son cousin et l'entraîna vers l'escalier.

— À l'étage, il y a un appartement où vous pouvez habiter !

Stuart eut un frisson. *Un appartement ?* L'escalier semblait un peu raide mais, s'il le fallait, il s'y habituerait. Il suivit Elsie jusqu'au premier étage et constata avec satisfaction que sa jambe supportait l'épreuve des marches mieux qu'il ne l'avait espéré. Ils débouchèrent dans un petit salon, chichement meublé, mais dans lequel le jour entrait par deux larges fenêtres. La pièce était claire et agréable. Bien plus agréable que la pauvre chambre dont il disposait dans le foyer. Stuart fit le tour du salon, avec un air de propriétaire sourcilleux, puis ouvrit une porte qui donnait sur une petite chambre vide. Elsie se tenait un peu en retrait, laissant le temps à son cousin de prendre ses marques. Elle espérait de tout son cœur que ce logement lui plairait. Ce n'était pas un palais mais, avec l'aide d'Édouard, elle avait loué ce qui lui avait paru le plus pratique pour Stuart et pour elle. Cette maison se trouvait non loin de la maison d'Édouard et comptait deux sorties, l'une sur la rue principale, l'autre sur une ruelle discrète. Elle avait songé que ce genre de détails pourrait avoir une certaine importance dans leur future profession.

— Cela vous convient-il ? s'inquiéta-t-elle.

— Parfaitement mais quel est le loyer ?

Elsie souffla de soulagement.

— Considérez que c'est un des avantages de l'agence. Vous logerez ici et je logerai chez Édouard, ainsi nous n'aurons pas trop de frais pour commencer… en attendant que les notaires se décident enfin à nous verser nos parts d'héritage.

— Je tiens à payer, Elsie. Il n'y a aucune raison pour que vous vous acquittiez seule du loyer !

— Il me semble que la famille Worthington a plus de dettes envers vous que vous n'en avez envers elle… Entre la spoliation de vos droits depuis votre naissance et l'élimination du monstre de la famille, je souhaiterais que vous ne vous sentiez pas offensé par cette libéralité. C'est peu de chose en réalité… Je vous procure un logement et vous m'offrez un avenir à mon goût.

Stuart observa un moment Elsie. Que pouvait-il répondre ? Si sa cousine se montrait aussi habile dans les affaires que dans l'art de l'argumentation, ils allaient bientôt faire fortune…

— Merci, Elsie.

— Avec plaisir, Stuart.

Stuart se dirigea vers une fenêtre, l'ouvrit et y prit appui. Il inspira à pleins poumons l'air de Londres et regarda avec intérêt la rue qui allait devenir la sienne. Elle était passante sans être encombrée. Quelques boutiques se disputaient la clientèle mais tout se faisait avec courtoisie et élégance. Elsie avait bien choisi.

La jeune femme rejoignit Stuart et s'appuya à côté de lui sur le rebord de la fenêtre. Il ne faisait pas encore chaud mais le soleil printanier promettait des jours meilleurs. Elsie ferma les yeux et profita du soleil sur son visage. Une légère cicatrice barrait sa lèvre.

— Et notre agence ? Comment s'appelle-t-elle ? demanda Stuart.

— Worthington & Spencer, répondit-elle sans ouvrir les yeux.

Stuart sourit.

— Cela sonne bien… Worthington & Spencer.

Les deux noms flottèrent dans l'air, comme suspendu au-dessus de Stuart et d'Elsie, puis s'envolèrent par la fenêtre, suivant le vol d'un petit oiseau passant à tire d'ailes. Ils accompagnèrent l'oiseau quelques temps puis la frêle créature disparut dans le bleu du ciel, laissant « Worthington & Spencer » s'accrocher aux toits de Londres.

FIN

Pour les curieux

Pour ceux qui auraient l'envie ou le souhait d'approfondir leurs connaissances historiques sur la période victorienne, je peux vous conseiller une sélection des ouvrages, images et documents scientifiques qui ont soutenu mon inspiration et m'ont permis de rendre plausible l'arrière-plan historique de ce roman.

SOURCES - LES RÉCITS, ILLUSTRATIONS ET FILMS

GRIFFITHS Arthur (Major), *Victorian murders. Mysteries of police and crime*, Londres, The History Press, 1898, 2010.

STEAD, William Thomas, *Pucelles à vendre, Londres 1885. Le scandale qui ébranla la société victorienne*, Paris, Alma, 1885, 2013.

Souvenirs de police. La France des faits divers et du crime vue par des policiers (1800-1939), édition établie et présentée par Bruno FULIGNI, Paris, Robert Laffont, Bouquins, 2016.

BIBLIOGRAPHIE - LES OUVRAGES ET ARTICLES

BEDARIDA François, *La société anglaise. Du milieu du XIXème siècle à nos jours*, Seuil, 1990.

CHASSAIGNE Philippe, *Histoire de l'Angleterre. Des origines à nos jours*, Flammarion, Champs, 1996 ; — Le crime de sang à Londres à l'époque Victorienne : essai d'interprétation des modèles de violence, *Histoire,*

économie et société, 1993, 12ᵉ année, n°4, pp. 507-524 ;
— Jack l'éventreur : l'exception ou la règle ?, *Histoire, économie et société*, 1989, 8ᵉ année, n°4. pp. 563-567.

CHESNEY Kellow, *Les bas-fonds de Londres. Crimes et prostitution sous le règne de Victoria*, Texto, 2007.

CORVISY Catherine-Émilie, MOLINARI Véronique, *Les femmes dans l'Angleterre victorienne et édouardienne. Entre sphère privée et sphère publique*, L'Harmattan, 2008.

CROSSICK Geoffrey, La bourgeoisie britannique au XIXᵉ siècle. Recherches, approches, problématiques, *Annales. Histoire, Sciences Sociales*. n°6, 1998, pp. 1089-1130

FRAISSE Geneviève, PERROT Michelle (sous la direction de), *Histoire des femmes. Le XIXᵉᵐᵉ siècle*, Plon, 1991.

GERNSHEIM Alison, *Victorian and Edwardian Fashion. A photographic survey with 235 illustrations*, New York, 1981.

GOODMAN Ruth, *How to be a Victorian*, Penguin, 2013.

GRAY Adrian, *Crime and Criminals of Victorian England*, Londres, The History Press, 2011.

HEFFER Simon, *The age of decadence. Britain 1880 to 1914*, Londres, Penguin Random house, 2017.

LAMOINE Georges, *Histoire constitutionnelle anglaise*, PUF, 1995.

Londres 1851-1901. L'ère victorienne ou le triomphe des inégalités, Autrement, Série Mémoires, 1990.

MILFORD-COTTAM Daniel, *Edwardian fashion*, Oxford, Shire publications, 2016.

MOSS Alan & SKINNER Keith, *The Victorian detective*, New York, Shire publications, 2013.

NAVAILLES Jean-Pierre, *Londres victorien. Un monde cloisonné*, Champs-Vallon, 1996.

Paradoxes victoriens / Victorian Paradox(es), textes réunis et édités par William FINDLAY. Actes du colloque des 20-21 septembre 2002, Tours, 2005.

PAXMAN Jeremy, *The Victorians. Britain through the paintings of the Age*, Londres, BBC Books, 2010.

PERROT Michelle, *La vie de famille au XIXᵉᵐᵉ siècle*,

suivi de *Les rites de la vie privée bourgeoise* d'Anne MARTIN-FUGIER, Seuil, Points, 2015.

SHPAYER-MAKOV Haia, Le profil socio-économique de la Police métropolitaine de Londres à la fin du XIXe siècle, *Revue d'histoire moderne et contemporaine*, tome 39, n°4, Octobre-décembre 1992, pp. 662-678.

THAMES Richard, *Voyages dans l'histoire de Londres. Un guide pour les voyageurs et les amoureux de Londres*, National Geographic, 2012.

WEINBERGER Barbara, La police des mineurs : Manchester à la fin du XIXe et au début du XXe siècle, *Déviance et société*, 1994, vol. 18, n°1, pp. 31-42

WILLIAMS, Lucy, *Wayward women. Female offending in Victorian England*, Croydon, 2016.

Bonnes recherches à tous !

♦ ♦ ♦

L'agence de détectives privés W & S reviendra dans le tome 2 de ses enquêtes :

Esprits tueurs

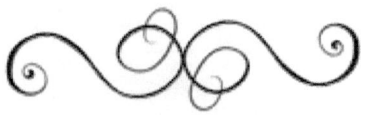

Table des matières

Chapitre 1 7
Chapitre 2 30
Chapitre 3 47
Chapitre 4 67
Chapitre 5 84
Chapitre 6 99
Chapitre 7 116
Chapitre 8 132
Chapitre 9 144
Chapitre 10 159
Chapitre 11 168
Chapitre 12 178
Pour les curieux 189